Ruth Rendell

Uma agulha para o diabo

e outras histórias

Tradução de Leila de Souza Mendes Pereira

www.lpm.com.br

L&PM POCKET

Coleção **L&PM** POCKET, vol. 281

Texto de acordo com a nova ortografia.
Título original: *The Fever Tree and Other Stories*
Este livro foi publicado pela L&PM Editores, em formato 14 x 21cm, em 1989.
Primeira edição na Coleção **L&PM** POCKET: março de 1999
Esta edição na Coleção **L&PM** POCKET: março de 2010

Tradução: Leila de Souza Mendes Pereira
Capa: Ivan Pinheiro Machado
Revisão: Luciana Balbueno, Fernanda Lisbôa de Siqueira e Renato Deitos

CIP-Brasil. Catalogação-na-fonte
Sindicato Nacional dos Editores de livros, RJ

R324a

Rendell, Ruth, 1930-
Uma agulha para o diabo: e outras histórias / Ruth Rendell ; tradução de Leila de Souza Mendes Pereira. – Porto Alegre, RS: L&PM, 2010.
208p. – (Coleção L&PM POCKET; v. 281)

Tradução de: *The Fever Tree and Other Stories*
ISBN 978-85-254-1193-0

1. Ficção policial inglesa. I. Pereira, Leila de Souza, 1949-. II. Título. III. Série.

10-0301. CDD: 823
CDU: 821.111-3

Rua Comendador Coruja 314, loja 9 – Floresta – 90.220-180
Porto Alegre – RS – Brasil / Fone: 51.3225.5777 – Fax: 51.3221-5380

Pedidos & Depto. Comercial: vendas@lpm.com.br
Fale conosco: info@lpm.com.br
www.lpm.com.br

Impresso no Brasil
Verão de 2010

RUTH RENDELL

RUTH RENDELL nasceu Ruth Barbara Grassmann no dia 17 de fevereiro de 1930, em Londres, filha de professores de origem humilde. Sua mãe era sueca e desenvolveu esclerose múltipla logo após o nascimento da filha. Ruth foi educada no condado de Essex, ao leste da Inglaterra, onde, a partir de 1948, trabalhou como repórter e subeditora em vários jornais. Em 1950, aos vinte anos, casou-se com Donald Rendell. A década de 1950 foi, para ela, um período de tarefas domésticas e tentativas ficcionais, até se encontrar um tanto por acaso com as histórias de detetives. Finalmente, em 1964, foi lançado o seu primeiro romance, *From doon with death*, trazendo ao público a figura do detetive de polícia Reginald Wexford, que cativou de imediato a simpatia dos leitores e que reapareceria em vários outros livros da autora. Sua obra ficcional chega a cinquenta romances, divididos em três tipos principais: histórias policiais com Wexford, histórias de um suspense sombrio e os livros que começou a publicar na década de 1980 sob o pseudônimo de Barbara Vine.

Suas obras se passam em ambientes suburbanos, com descrições que exploram o insólito e o assustador, e nelas sobressaem personagens que não conseguem escapar ao seu destino e personagens psicologicamente perturbados. A maestria do estilo da autora é especialmente visível nos seus diálogos, e seus enredos surpreendem sempre pelo inusitado dos desenlaces.

Ruth Rendell ganhou vários prêmios: três Edgar Allan Poe concedidos pela Mystery Writers of America (dois por contos, em 1975 e 1984, e um pelo romance de Barbara Vine *A dark-adapted eye*, em 1986), um Punhal de Prata da British Crime Writers Association por *The tree of hands*, em 1985, e três vezes o Punhal de Ouro (por *A demon in my view*, em 1976, *Live flesh*, 1986, e *A fatal inversion*, em 1987). Recentemente recebeu o Crime Writers' Association Cartier Diamond Dagger (Punhal de Diamante) pela sua contribuição ao gênero. Seus livros estão traduzidos em 22 línguas. Foi declarada par da Câmara dos Lordes do parlamento inglês e recebeu o título de Baronesa Rendell of Babergh.

Livros do autor na Coleção **L&PM** POCKET

Uma agulha para o diabo
Um assassino entre nós
Carne trêmula
Unidos para sempre

Sumário

A ÁRVORE-DA-FEBRE

Onde existe malária, lá cresce a árvore-da-febre.

Suas folhas frágeis, semelhantes às das samambaias, são de um verde vivo, comum a tantas árvores nas regiões tropicais. A árvore-da-febre tem um formato gracioso, um ar de viço, como se ainda estivesse em processo de crescimento. Mas sua característica mais marcante é a cor da casca, um amarelo vivo como o de um limão ainda verde. As árvores-da-febre se sobressaem das demais por causa de seus troncos esguios e amarelos.

Ford conhecia o nome que davam àquela árvore e sabia reconhecê-la, mas não conhecia seu nome científico. Também não sabia por que tinha este nome, se os nativos usavam as folhas, a casca ou os frutos como específico contra malária ou se o nome devia-se apenas ao fato de sua presença assinalar a proximidade do mosquito transmissor da malária. Ao ver aquela árvore em Ntsukunyane, tinha a impressão de que seu sangue ardia em febre.

Um africano de *short* e camisa cáqui levantou a cancela para que o carro deles passasse pela abertura na cerca. A paisagem lá dentro não parecia diferente da que havia fora, a mesma savana imóvel, silenciosa, sem vento que a agitasse, estendendo-se por toda parte. Ford, durante os três quilômetros de estrada alcatroada até a cabana onde ficava a recepção, ficou a imaginar como seria virar a cabeça e ver Marguerite sentada a seu lado. Era uma ilusão que ele não ousava alimentar, mas que conseguiu manter por um breve instante. Tricia a desfez. Começou a bombardeá-lo com perguntas infantis num tom de voz intenso e desesperado.

Um outro africano, com um uniforme mais elaborado e enfeitado, verificou o comprovante de reserva deles. Era necessário pagar adiantado duas semanas para ter o privilégio de hospedar-se ali. Ford havia feito as reservas um dia depois de despedir-se de Marguerite e voltar, para sempre, para Tricia.

– Minha esposa quer conhecer a região de Ntsukunyane – disse ele.

– Tem quatro milhões de acres.

Ford assobiou, como convinha. – Qual a probabilidade da gente ver um leopardo?

O homem deu de ombros, sorriu e disse: – Quem sabe? Talvez tenham sorte. Os senhores vão ficar aqui uma semana, e assim devem ver leões, elefantes, hipopótamos, talvez um guepardo. Mas o leopardo é um animal notívago e os senhores têm que estar de volta no acampamento às seis da tarde. – Ele olhou para o relógio. – Eu os aconselho a partirem imediatamente, senão não vão conseguir chegar em Thaba antes de fecharem os portões.

Ford voltou para o carro. Eram quase quatro horas. O sol da África, uma presença viva, um deus individualizado, brilhava através de um véu de névoa. O ar estava parado. Tricia, com um vestido de verão amarelo-claro, cheio de babados, havia posto o braço para fora da janela, e sua pele macia e clara estava vermelha. Ford relatou-lhe o que o homem dissera e também o que dizia o cartaz afixado dentro da cabana: *É terminantemente proibido trazer armas de fogo para a reserva, alimentar os animais, ultrapassar o limite de velocidade e jogar lixo.*

– E acima de tudo não se pode sair de dentro do carro – disse Ford.

– O quê, nunca? – disse Tricia, e seus olhos azul-claros ficaram redondos, ingênuos, como duas bolas de gude.

– É o que está escrito.

Ela fez uma careta. – Mas que regras mais idiotas!

– São necessárias – disse ele.

Aqui, como no mundo exterior. É terminantemente proibido apaixonar-se, abandonar a esposa, tentar começar de novo. Ele olhou de relance para Tricia para ver se os mesmos pensamentos lhe estavam passando pela cabeça. O rosto dela exibia sua expressão brejeira, cativante.

– Um prêmio – disse ela – para o primeiro que vir um animal.

– O.K. – Ele havia concordado com essa reconciliação, em trazê-la nessas férias, nessa segunda lua de mel, e agora tinha que tentar. Tinha que se esforçar. As coisas não iam acontecer do jeito como o amor havia surgido entre ele e Marguerite, involuntário, sem esforço. – Quem vai dar o prêmio? – perguntou ele.

– Você, se for eu quem vir primeiro, e eu, se for você. E se for eu, quero um presentinho da loja do acampamento. Um presentinho bem legalzinho e carinho.

Foi Ford quem ganhou. Ele viu uma zebra saindo do meio dos espinheiros-bravos do lado direito da estrada, seguida de um pequeno bando. – E eu, ganho um presente da loja?

Ele podia senti-la sacudindo a cabeça, num gesto calculadamente coquete. – Um beijo – disse ela e comprimiu os lábios quentes e secos contra o rosto dele.

Aquilo lhe deu calafrios. Diminuiu a velocidade para a zebra atravessar a estrada. Os espinhos dos espinheiros-bravos tinham cinco centímetros. Ao longo da estrada crescia uma variedade silvestre de zínia, com flores miúdas, coral, que formavam montinhos vermelhos no meio do capim descorado e grosso. No meio do mato havia formigueiros vermelhos, de cumes altos, como as torres de castelo dos contos de fadas. Estavam a cinquenta quilômetros de Thaba. Ele dirigia no limite de velocidade permitido, fazendo o possível para ignorar Tricia toda vez que ela lhe pedia para ir mais devagar. Eles não iam avistar os grandes predadores, pelo menos não naquela tarde, ele tinha certeza, só impalas, zebras e talvez uma girafa. Em suas viagens de negócios ele havia tirado dias de folga para ir a Serengeti e a Kruger, por isso ele sabia. Deu o binóculo a Tricia, regulou-o e pendurou-o no pescoço dela, pois não havia se esquecido dos binóculos e das câmaras fotográficas que ela já deixara cair e quebrara por não tê-los dependurados do pescoço, nem da choradeira que vinha depois. O carro não tinha ar-condicionado, e o calor pesava imóvel entre eles. À frente, o sol morria com um brilho amarelo embotado. O suor brotava das axilas e entre as omoplatas de Ford, encharcando sua camisa já molhada e deixando uma camada grudenta e fria em sua pele.

No meio de um entroncamento havia uma pirâmide de pedra com setas indicando o caminho para Thaba, para o acampamento principal de Waka-Suthu e para a ponte Hippo sobre o rio Suthu. No topo da pirâmide estava uma fêmea de babuíno, sentada com um filhote cinzento e peludo no colo. Tricia encantou-se com a macaca e espichou os braços em direção a ela. Nunca tivera um filho. O babuíno começou a catar pulgas na cabeça do filhote. Tricia deu um gritinho nervoso, meio de nojo, meio de satisfação. Ford tomou a direção de Thaba e passou pela entrada do acampamento dez minutos antes que os portões fossem fechados.

A noite cai rápida na África. O período de penumbra dura pouco. Mal a pessoa o percebe, ele já passou e a noite chegou. No curto período de lusco-fusco, as coisas pálidas cintilam intensamente e os pássaros murmuram baixinho. No acampamento de Thaba havia um restaurante, uma loja, cabanas circulares com telhados de sapé e chalés de madeira avarandados. Ford e Tricia foram instalados num chalé no perímetro norte, e da varanda, por cima da alta cerca de arame, dava para ver o rio Suthu correndo silencioso por entre os juncos altos das margens. O crepúsculo começou quando eles subiam a escada de madeira. Ford carregava as malas. Foi então que ele viu as árvores-da-febre, duas delas, suas folhas delicadas tingidas de cinza na penumbra, mas os troncos com um amarelo ainda mais nítido do que durante o dia.

– Ainda bem que trouxemos nossas pílulas contra malária – disse Ford enquanto abria a porta. Quando acenderam a luz ele viu dois mosquitos na parede oposta. – Quem transmite a malária é o anófele, mas infelizmente os mosquitos não avisam se são anófeles ou não.

Camas separadas, uma mesa, luminárias, um ar-condicionado, uma geladeira e uma porta, aberta, para o banheiro com chuveiro. Tricia largou a frasqueira de cosméticos, sem a qual não ia a parte alguma, sobre a cama junto à janela. A luz não era muito forte. Todas as luzes do acampamento eram fracas porque vinham de um gerador. Eles formavam uma pequena colônia de gente num mundo que pertencia aos animais, numa inversão da ordem normal das coisas. Da janela dava para ver outros chalés, outras luzes fracas, outros carros estacionados. Tricia conversou com os dois mosquitos.

– O seu nome é Ana Félis? Não. Benzinho, está tudo bem. Ela disse que se chama Maria Joana e o marido dela João Henrique.

Ford conseguiu sorrir. Havia aceitado e se acostumado com o humor infantil de Tricia até conhecer a finura de espírito de Marguerite. Ele enfiou a mala, sem desfazê-la, dentro do armário e foi tomar um banho. Tricia ficou na varanda ouvindo as cigarras, milhares delas. A noite ficara escura como breu enquanto ela pendurava os vestidos, e o céu estava pontilhado de estrelas.

Ela havia tirado Ford daquela mulher e agora tinha que prendê-lo. Tinha perdido um pouco de peso, comprado muitas roupas novas e feito reflexo no cabelo. Os homens sempre a haviam amedrontado, a começar por seu próprio pai quando era criança. Foi naquela época, quando criança, que começara, propositalmente, a bancar a criança com seu jeitinho cativante. Ela havia percebido que seu pai era mais bonzinho e indulgente com as meninas do que com sua mãe. Ford se casara com uma menina, dependente e encantadora, e vivera satisfeito com ela até conhecer uma mulher adulta. Tricia sabia disso tudo, mas agora não conhecia outro jeito melhor de prendê-lo, como já não conhecia antes. Os velhos métodos pareciam-lhe tão maçantes e batidos quanto ela imaginava que deviam parecer a ele. Parada na varanda, ela quase desejava estar só e não ter que ter um marido, não ter que, por causa das convenções e do orgulho, para ter apoio e companhia, se agarrar a ele. Ela esperava ansiosamente ouvir o rugido de um leão lá fora no mato além da cerca, mas o único som era o das cigarras.

Ford foi até a varanda de roupão. O que você fez com o negócio contra mosquito? O *spray?*

Imediatamente amedrontada, ela disse: – Não sei.

– Como não sabe? Você tem que saber. Eu lhe dei o aerossol no hotel e disse pra botar naquela sua frasqueira.

Ela abriu a frasqueira, embora soubesse que o repelente não estava lá. É claro que não estava. Ela podia vê-lo na prateleira do banheiro do hotel, deixado para trás porque era grande demais. Mordeu os lábios e olhou de soslaio para Ford. – Podemos comprar outro na loja.

– Tricia, a loja fecha às sete e são sete e dez.

– Podemos comprar amanhã de manhã.

– Acontece que os mosquitos são mais ativos à noite. – Ele remexeu nos frascos e potes da frasqueira. – Olha só quanta porcaria inútil: "loção de limpeza de pele", "base perolada", "hidratante", como se você fosse uma modelo. Imagino que não lhe passou pela cabeça trazer o *spray* contra mosquito e deixar a base perolada.

Os lábios de Tricia tremeram. Sentiu, quase involuntariamente, que seus olhos se arredondavam e a boca assumia a forma apropriada para balbuciar como uma criança: – Mas a gente lembrou de tomar as pílulas.

– Elas não vão impedir os mosquitos de morderem. – Ele voltou para o chuveiro e bateu a porta.

Marguerite não teria se esquecido de trazer aquele aerossol. Tricia sabia que ele estava pensando em Marguerite de novo, que a cabeça dele estava repleta de pensamentos sobre ela, que ela surgira em sua mente com força e insistência no longo caminho até Thaba. Tricia começou a chorar. As lágrimas corriam de seus olhos sem parar e não iriam parar; assim, ela mudou de roupa enquanto chorava, as lágrimas escorrendo pelo pó de arroz que passou no rosto.

Jantaram no restaurante. Tricia, com um vestido de crepe florido cor-de-rosa, era a única mulher bem-vestida no restaurante. Enquanto em outras ocasiões teria imaginado que os outros olhavam para ela com admiração, agora achava que era com deboche. Comeu a pequena porção de badejo e a grande de vitela à milanesa, ambas excessivamente cozidas, e ficou observando as marcas das picadas de mosquito que surgiam nos braços de Ford.

As únicas luzes do acampamento vinham das janelas do prédio principal e dos chalés. Gradualmente as luzes se apagaram e ficou muito escuro. Apesar das picadas, Ford adormeceu imediatamente, mas o ruído do ar-condicionado não deixou Tricia dormir. Às onze ela desligou o aparelho e abriu a janela. Aí ela finalmente dormiu, mas acordou de novo às quatro. Ficou deitada acordada por meia hora; depois levantou-se, vestiu-se e saiu.

Ainda estava escuro, mas a escuridão estava se dispersando como se o véu mais escuro da noite tivesse sido retirado. Havia um orvalho pesado sobre o capim. Quando passou debaixo da *merula* carregada de frutinhos verdes, em forma de damasco, um bando de morcegos veio voando dos galhos e rodeou sua cabeça. Se Ford estivesse ali, ela teria gritado e se agarrado a ele, mas como estava só ficou quieta. O acampamento e o mato além da cerca estavam cheios de sons. Os sons lembravam a Tricia os quadros de Hieronymus Bosch, diabinhos, demônios e homúnculos medonhos que, se emitissem sons, teriam feito ruídos como aqueles: grunhidos, assobios suaves, chilros e gritinhos agudos.

Ficou andando pelo acampamento, à espera da aurora, na expectativa de um amanhecer esplendoroso. Mas foi só uma palidez acinzentada no céu, um esbranquiçado por entre as nuvens negras que se dispersavam. A sensação de desapontamento amedrontou-a como se fosse um símbolo ou um agouro de alguma coisa mais importante em sua vida do que a chegada da manhã.

Ford acordou, a princípio incapaz de abrir os olhos por causa do inchaço provocado pelas picadas dos mosquitos. Os mosquitos cobriam as paredes como cordões de lanugem de cardo. Levantou-se e foi cambaleando meio às cegas até o banheiro e deixou a água do chuveiro escorrer por seus olhos. Tricia entrou e ficou olhando para o rosto dele, rindo de nervoso e mordendo os lábios.

Os portões do acampamento foram abertos às cinco e meia e os carros começaram o êxodo. Tricia nunca passara num exame de motorista e Ford não podia enxergar; assim, em vez de saírem foram tomar o café no restaurante. Quando a loja abriu, Ford comprou dois tipos de repelente e, impaciente porque não aguentava mais as desculpas e os olhos suplicantes de Tricia, um cordão de contas de marfim e uma saia com gravuras de girafas para ela. Às nove, quando a inchação nos olhos de Ford diminuiu um pouco, partiram de carro pela estrada que levava à ponte Hippo.

O dia estava úmido, de um calor opressivo. Ford havia contado o número de picadas que levara, num total de vinte e quatro. Não dava para acreditar que dois tabletes de quinino fossem suficientes contra vinte e quatro picadas, algumas das quais certamente de anófeles. Não havia ele visto as duas árvores-da-febre quando chegaram na véspera? Agora ele dirigia o carro vagarosa e obstinadamente, quase sem falar, seus olhos inchados escondidos por trás de óculos escuros. Parou junto ao rio Suthu e depois junto a uma cacimba, e lá ficaram observando. Mas não viram nada se aproximar da beira d'água, a menos que se levasse em conta o tronco que acabou desaparecendo, demonstrando que na verdade era um crocodilo. A manhã já ia alta demais para verem muita coisa além dos marabus, em pé numa perna só, quietos e arqueados, numa clareira ou num galho esquálido de árvore. Com o binóculo Ford observou a savana que se estendia, aparentemente desabitada, em ininterrupta monotonia, até a serra azulada no horizonte distante.

As picadas dos mosquitos não poderiam estar lhe dando febre. Se fosse ter malária, não seria imediatamente. Mas Ford, sentado no carro ao lado de Tricia, mesmo assim sentia alguma coisa parecida com delírio. Talvez fosse devido à irritação em toda a superfície de seu corpo, à sensação de ardência na pele ou à impossibilidade de mover-se sem que isso lhe trouxesse novos tormentos. Também afetava sua mente, de tal modo que toda vez que olhava para Tricia sentia uma espécie de pânico. Por que ele havia feito isso? Por que ele voltara para ela? Será que estava louco? Seus olhos e sua cabeça latejavam como se sua temperatura estivesse alta. O *jeans* cor-de-rosa de Tricia estava apertado demais nela, e os babados de sua blusa de *voile* branco eram ridículos. Com a ajuda do binóculo ela havia localizado uma família de macaquinhos cinzentos nos galhos de uma figueira-dos-pagodes e estava falando amorosamente com eles pela janela. Depois ela abriu a porta do carro e virou-se para olhar para ele, do jeito que uma criança olha para o pai quando ele a proibiu de fazer alguma coisa que ela apesar disso deseja e tenciona fazer.

Não haviam avistado qualquer dos grandes felinos, nem elefantes, nem mesmo um chacal. Ford deu de ombros.

– Está bem. Mas se aparecer um guarda florestal e pegar você em flagrante, a coisa vai ficar preta pra nós.

Ela saiu do carro, deixando a porta aberta. O capim que ia do acostamento da estrada até onde a vista alcançava era alto e áspero. Batia acima dos joelhos de Tricia. Uma leoa ou um guepardo agachados estariam completamente escondidos. Ford pegou o binóculo e olhou para o outro lado para não ver Tricia, que novamente havia se esquecido de passar a correia da câmara pelo pescoço. Ela estava fazendo sinais, chamando os macacos, que recuavam abraçando uns aos outros e escondendo a cabeça entre os ombros, como refugiados num quadro piegas. Ele correu o binóculo lentamente. A uns cem metros de onde um rebanho de gamos pastava apreensivo, ele viu dois felinos de focinhos juntos, os corpos aconchegados, os dorsos pintados. Guepardos. Ocorreu-lhe que ouvira dizer que eram os animais mais rápidos do planeta.

Ele devia chamar Tricia e mandá-la entrar imediatamente no carro. Não o fez. Observou pelo binóculo os felinos reclinados com tanta graça, saciados, descansados, porém de olhos abertos. Marguerite teria gostado deles, ela adorava gatos, tinha um gato da Birmânia tão ágil, esguio e aprumado quanto essas criaturas. Tricia voltou para o carro exclamando que os macacos eram umas gracinhas. Ele deu partida no carro e foi embora sem dizer nada sobre os guepardos.

Mais tarde, lá pelas cinco da tarde, Tricia quis sair do carro de novo e ele não a impediu. Ela andou para um lado e para o outro na estrada, conversando com os mangustos. Em um pouco mais de uma hora estaria escuro. Ford imaginou-se ligando o carro e voltando para o acampamento sem ela. Os leopardos caçam à noite, esperam pela escuridão. O inchaço em torno de seus olhos quase desaparecera, mas seu pescoço, braços e mãos doíam por causa do entorpecimento das picadas. Os mangustos fugiram para o mato quando Tricia se aproximou sussurrando e estendendo as mãos na direção deles. Um carro com quatro homens vinha da direção da ponte Hippo. Diminuiu a velocidade, e o motorista pôs a cabeça para fora. Tinha o rosto vermelho como um tijolo, feições grosseiras, cabelo louro ondulado, e a voz tinha o sotaque dos brancos nascidos na África.

– A madame não devia estar na estrada desse jeito.

– Eu sei – disse Ford. – Eu disse isso a ela.

– Com licença, a senhora sabe que está fazendo uma coisa muito perigosa saindo do carro? – A voz do homem era forte e autoritária. Tricia ficou vermelha. Empertigou-se, sorriu, mordeu os lábios, embora na verdade estivesse com muito medo daquele homem que olhava para ela como se a desprezasse, como se ela lhe fosse repugnante. Quando ele voltasse para o acampamento, será que ele a entregaria?

– Promete que não vai me denunciar? – gaguejou ela com a cabeça inclinada para o lado.

Ele soltou uma interjeição raivosa e botou a cabeça para dentro do carro. O carro foi em frente. Tricia deu um salto e pulou para dentro do carro. Eles tinham menos de uma hora para voltar para Thaba. Ford fez a volta e foi seguindo o carro com os quatro homens.

No jantar os homens se sentaram na mesa ao lado. Tricia ficou se perguntando a quantas pessoas ele teria falado sobre ela, porque imaginou que algumas das pessoas que jantavam olhavam para ela com curiosidade ou antagonismo. O sujeito de cabelos claros encaracolados que chamavam de Eric se gabava em voz alta do que ele e seus companheiros haviam visto naquele dia: um bando inteiro de leões, dois rinocerontes, hienas e um raro antílope-negro.

– Não adianta querer ver muita coisa lá pela estrada da ponte Hippo – disse ele a Ford. – As feras estão todas lá em Sotingwe. Você pega a estrada para Sotingwe amanhã cedo, e eu garanto que você vai ver os leões.

Ele não se dirigiu a Tricia, nem mesmo olhou para ela. Dez anos antes, os homens viravam a cabeça para olhar para ela nos restaurantes, e embora ela tivesse medo deles, ela bem que gostava, toda trêmula, do olhar deles. Caminhando pelo capim de volta ao chalé, ela se dependurou no braço de Ford.

– Pelo amor de Deus, cuidado com as minhas picadas de mosquito – disse Ford.

Ele ficou por muito tempo acordado na cama a trinta centímetros da dela, pensando no leopardo lá fora além da cerca, caçando à noite. O leopardo sobe nos galhos das árvores e cai em cima da presa. A leoa caça de manhã cedo e traz o produto da caça para o macho e os filhotes. Ford havia visto todo esse tipo de coisa na televisão. Ele não sabia como os guepardos caçavam, só sabia que eram rápidos. Um elefante furioso pode encostar num carro e esmagá-lo, ou quebrar o para-brisa com um golpe da pata. Estava escuro demais para conseguir ver Tricia, mas ele sabia que ela estava acordada, quieta na cama, às vezes prendendo a respiração. Ela exalou e ele ouviu aquele suspiro apesar do chocalhar do ar-condicionado.

Anos antes ele tentara ensiná-la a dirigir. Disseram que o marido nunca deve tentar ensinar a esposa, que não teria paciência com ela e não faria concessões. Tricia jamais conseguira aprender direito; fazia sempre coisas tolas e irresponsáveis e aí ele gritava com ela. Ela fez um exame de direção, não passou e disse que foi porque o examinador a havia intimidado. Tricia achava que ninguém devia jamais levantar a voz para ela, que a um olhar seu todos os homens deviam se prostrar a seus pés como escravos.

Ele gostaria que ela pudesse revezar com ele na direção. A pessoa sem dúvida perde muita coisa quando tem que se concentrar na estrada. Mas não adiantava sugerir isso. O carro deles foi um dos primeiros a passar pelos portões às cinco e meia, a penetrar na aurora cinzenta, na savana imóvel. Na pirâmide de pedra, sobre a qual uma família de babuínos estava sentada toda junta, Ford pegou o caminho para Sotingwe.

Uns três quilômetros adiante eles encontraram os leões. Eric e os amigos já estavam lá, debruçados para fora das janelas do carro com as câmaras na mão. Os leões – duas leoas adultas, duas leoazinhas e um leãozinho cuja juba começava a despontar – estavam deitados no meio da pista. Ford parou e estacionou o carro do outro lado da estrada.

– Eu não disse que vocês iam ter sorte aqui? – gritou Eric para Tricia. – Não está pensando em sair e investigar, espero.

Tricia não respondeu nem olhou para ele. Ficou olhando para os leões. O sol estava subindo, irradiando o céu com um fulgor laranja-rosado, e uma brisa suave agitava todas as folhas pálidas que lembravam samambaias. A leoa maior, aborrecida mas não assustada com o elaborado equipamento fotográfico de Eric, levantou-se lentamente e dirigiu-se para o mato, por entre o capim seco e as zínias vermelhas. Os filhotes seguiram-na e a outra leoa também. Com seu binóculo Ford ficou a vê-los se afastando, as cabeças erguidas, orgulhosos, mesmo os filhotes movendo-se de modo gracioso, calculado, controlado. Não havia impalas, girafas ou gnus em parte alguma. O mundo ali pertencia aos leões.

Todos os animais selvagens estavam reunidos em Sotingwe, perto da cacimba. Um elefante, com orelhas que pareciam pancás, estava esguichando sobre seu próprio corpo a poeira vermelha que soprava pela tromba. Tricia saiu do carro para fotografar o elefante e Ford não tentou impedi-la. Ele coçou as picadas que haviam passado do estágio de ardência para o de coceira. Mais uma vez Tricia não passara a correia da câmara em torno do pescoço. Ela foi caminhando em direção à cacimba e parou a uma distância cautelosa – seria mesmo cautelosa? Seria cauteloso saltar do carro ali? – observando um crocodilo. Ford – sem realmente explicar para si mesmo ou entender completamente o que queria dizer com aquilo – pensou que ainda não era a hora, que era cedo demais. Voltaram para Thaba para tomar café.

No café e de novo no almoço Eric estava muito prosa com o que vira. Ele havia tomado a estrada de terra que ia de Sotingwe para a ponte Suthu e lá, em cima de uma árvore perto da água, avistara um leopardo. Malcolm o vira primeiro, dormindo esticado num galho, muito afastado, mas fácil de se ver com o binóculo.

– Um bichão assim, com as autênticas manchas quadradas – disse Eric, fumando um charuto.

Tricia, é claro, quis ir para a ponte Suthu; assim, Ford pegou a estrada de terra depois da sesta. Malcolm descreveu exatamente o local onde havia visto o leopardo, que poderia muito bem ainda estar dormindo no mesmo galho.

– A um quilômetro da ponte. Você olha para a esquerda e tem uma espécie de clareira com uma daquelas árvores de tronco amarelo. O bicho estava num galho do lado direito da clareira.

A estrada era uma trilha de terra carmesim margeada de verde. Ford encontrou a clareira com a árvore-da-febre, mas o leopardo não estava mais lá. Levou o carro lentamente até a ponte sobre o rio verde e preguiçoso.

Quando desligou o motor, estava tudo em silêncio e completamente imóvel, o ar quente e pesado, e nada se movia, exceto os mosquitos que se agitavam em sua dança aleatória, porém regular, acima da superfície da água.

Tricia agora saía do carro como se fosse a coisa mais natural do mundo. Desta vez ela nem se deu ao trabalho de lançar-lhe aquele olhar coquete de quem pedia permissão. Usava um vestido de verão listrado de vermelho e branco, com alças finas demais e saia apertada demais. Correu até a beira do rio, tirou um pé da sandália e mergulhou-o na água, cheia de audácia. Riu e bateu com o pé na água, respingando as ressequidas pedras arredondadas. Ford lembrou-se do quanto apreciara esse tipo de coisa quando a conhecera, e agora ele ia ter que aguentar aquilo pelo resto da vida. Desatou a suar como se sua temperatura houvesse repentinamente se elevado.

Ela saltitava sobre as pedras e na beira d'água, segurando a saia. Não havia animais à vista. Durante toda a tarde só haviam visto impalas, e o sol agora estava se pondo, começando a colorir o céu enevoado e claro. Tricia, na margem oposta, quebrou mais uma das regras da reserva de Ntsukunyane e colheu margaridas, enfiando uma em cada orelha. Com uma flor entre os dentes como uma bailarina espanhola, rebolou as cadeiras e sorriu.

Ford girou a chave na ignição e ligou o carro. Estaria escuro em pouco mais de uma hora e muito antes disso teriam fechado os portões de Thaba. Levou o carro à frente, deu marcha à ré e virou o carro na outra direção, voltado para Thaba. Trocou de marcha, pôs o pé no acelerador e respirou fundo; o suor escorria-lhe por entre as omoplatas. O calor produzia miragens na estrada, e saindo das miragens vinha um carro. Ford parou o carro e desligou o motor. Não era o carro de Eric, mas o de um jovem casal de americanos em férias. O rapaz acenou para Ford.

Ford chamou por Tricia. – Ande depressa ou vamos nos atrasar. – Ela entrou no carro, deixando cair as flores na estrada. Ford quase a deixara ali, tamanha a vontade de se ver livre dela. O corpo de Tricia começou a tremer, e ela apertou as mãos com força para que ele não percebesse. Ele estivera a ponto de ir embora e deixá-la ali, para passar a noite entre os leões e leopardos que caçavam à noite. Ele já estava se afastando; só parara porque os americanos apareceram.

Ela ficou em silêncio, pensando. Os americanos deram meia-volta logo depois deles e os seguiram pela estrada de terra. Havia alguns impalas em torno da árvore-da-febre solitária, talvez atentos a sons inaudíveis ou pressentindo perigos invisíveis. O céu estava amarelo-esfumaçado com o pôr do sol. Tricia ficou pensando no que Ford pretendera fazer – voltar para o acampamento imediatamente antes de fecharem os portões, esperar a escuridão descer, sabendo que ela estaria lá fora, não dizer palavra sobre a ausência dela a ninguém – e quem sentiria a falta dela? Eric? Malcolm? Ford não iria ao restaurante, e pela manhã quando abrissem os portões ele iria embora. Não precisava nem fazer o registro de saída em Ntsukunyane, já que estava tudo pago adiantado.

O crime perfeito. Quem iria procurar por ela, sem saber que havia necessidade disso? E se seus ossos fossem encontrados? Uma pilha de ossos, sejam de seres humanos, de impalas ou de antílopes, ficam todos muito parecidos, depois que os chacais e os abutres se ocuparam deles. E quando ele chegasse em casa diria que havia se separado dela para ficar com Marguerite...

Ele foi mais agradável com ela naquela noite, mais gentil. Por temer que ela tivesse percebido ou pudesse perceber a verdade sobre o que acontecera em Sotingwe?

– Combinamos tomar champanhe uma noite. Que tal agora? Agora é sempre a melhor hora.

– Como você quiser – disse Tricia. – Ela estava se sentindo mal, sem apetite.

Ford brindou a eles com a champanhe. – A nós!

Ele pediu de tudo do cardápio: sopa, peixe, costela de vitela à vienense e *creme brûlée.* Ela beliscou a comida, pensando que ele tencionara matá-la. Agora ela nunca mais estaria a salvo, pois depois de falhar uma vez ele iria tentar de novo. Talvez não usando o mesmo método, mas outro. Como ela iria saber se ele já não havia tentado? Talvez, por exemplo, ele tivesse substituído os comprimidos contra malária por aspirinas, ou então poderia tentar afogá-la quando voltassem ao hotel em Mombasa. Ela só ficaria a salvo se o deixasse.

E era isso o que ele queria, o que seria a segunda melhor opção. De noite, acordada na cama, Tricia ficou pensando como seria voltar a viver com sua mãe enquanto ele voltava para Marguerite. Ele também não estava dormindo. Ela ouvia sua respiração irregular. Ouviu a cama ranger quando ele se mexeu irrequieto, o ar-condicionado ranger, o silvo de um mosquito. Se ainda não tivesse morrido, agora poderia estar perambulando lá fora pela savana, apavorada no escuro, com medo de andar mas também de ficar parada, apavorada com cada ruído sem saber que ruído devia temer mais. Não havia lua. Ela havia notado antes de se deitar e vira no calendário que no dia seguinte seria lua nova. O céu estivera nublado ao cair da noite e agora estava escuro como breu. O leopardo conseguiria enxergar, talvez à luz das estrelas ou com o olho interior, instinto, mais certeiro do que a visão normal, e saltaria silenciosamente de seu galho para enfiar suas presas na garganta exposta.

O mosquito que ela ouvira picou Ford em várias partes do rosto, do pescoço e do pé esquerdo. Ele se esquecera de passar o repelente antes de dormir. De manhã cedo ao alvorecer ele se levantou, vestiu-se e foi dar uma volta pelo acampamento. Só havia um dos empregados africanos por ali, lavando o carro de um hóspede com uma mangueira. Da savana, além da cerca, vinham sons arrastados e rangidos.

Será que ele realmente tivera a intenção de se livrar de Tricia lançando-a aos leões? Num instante de demência, supôs ele, porque a febre havia entrado em seu sangue, envenenado suas veias. Ela sabia, ele tinha certeza. De certa forma era melhor ela saber, pois demonstraria a ela como era inútil tentar preservar aquele casamento.

As inchações no seu pé, embora coberto pela meia, faziam com que ele mal coubesse na sandália. O pé ardia, enrijecido, e Ford se deu conta de que estava mancando um pouco. Apoiando-se no tronco de uma árvore-da-febre, encostando a pele em seu tronco fresco, úmido e amarelo, tirou a sandália e apalpou delicadamente o pé inchado. Os mosquitos nunca tocavam em Tricia, pareciam evitar o contato com sua pele seca e pálida.

Quando ele entrou mancando, ela estava acordada, sentada na cama pintando as unhas. Como ele poderia viver com uma mulher que pintava as unhas numa reserva de animais selvagens?

Só saíram depois das nove. Na estrada para Waka-Suthu cruzaram com o carro de Eric que voltava.

– Não tem nada lá, você está perdendo seu tempo.

– O.K. – disse Ford. – Obrigado.

– Sotingwe é o lugar certo. Você viu o leopardo ontem? – Ford fez que não com a cabeça. – Ora, nem todo mundo tem sorte.

Perto da ponte Hippo, havia um grupo de elefantes brincando no rio, um esguichando água no outro, um apoiando no outro o corpo pesado. Ford achou que aquele seria o grande momento do dia, até que se depararam com a matança. Na verdade não chegaram a ver a matança, que acontecera horas antes. Mas a leoa e os filhotes ainda estavam roendo a carcaça, costelas cobertas de sangue coagulado. Eles ficaram sentados no carro observando. Pouco depois os leões largaram a carcaça e se afastaram em fila pelo mato, mas os pequenos chacais já estavam reunidos, um bando deles, atrás das árvores. Ford passou pelo mesmo lugar novamente às quatro da tarde; os abutres já haviam se instalado e estavam limpando os ossos.

Era um dia quente de sol implacável, o céu azul e perfeitamente claro. O pé de Ford, de tão inchado, estava o dobro do tamanho normal. Ele se deu conta de que Tricia não havia saído do carro nem uma vez aquele dia, nem falado como menininha, nem dado risadinhas sem motivo, nem lhe dado nenhum beijo maroto. Ela estava pensando que ele havia tentado matá-la, na verdade uma ideia absurda. A verdade é que ele só havia dado um susto nela, para que ela aprendesse como era insensato desrespeitar as regras e sair do carro. E por que ele iria matá-la, afinal? Ele podia deixá-la, ele *ia* deixá-la, e assim que voltassem para Mombasa ia dizer isso a ela. Esse pensamento fez com que ele se virasse para ela e sorrisse. Havia parado junto da clareira onde a árvore-da-febre de casca amarela, de folhas delicadas como as das samambaias, destacava-se ao sol, como uma árvore nova na primavera.

– Por que você não sai mais do carro?

Ela gaguejou. – Não tem nada pra ver.

– Não, é?

Ele havia localizado o porco-espinho a olho nu, mas passou-lhe o binóculo. Ela olhou e riu com satisfação. Era assim que ela ria quando jovem, não por achar graça, mas de prazer. Ele fechou os olhos.

– Ah, que gracinha de porquinhozinho!

Ela se esticou para o banco de trás para pegar a câmara. E aí hesitou. Ele podia ver o medo, a cautela nos olhos dela. Sem dizer palavra, tirou a chave da ignição e estendeu-a sobre a palma da mão para ela. Tricia corou.

Ford olhou fixamente para ela, divertindo-se com seu constrangimento, indignado por ela desconfiar que ele fosse capaz de tamanha baixeza.

Ela hesitou, mas pegou a chave. Pegou a câmara e abriu a porta do carro segurando a chave com a mão esquerda e a câmara com a direita. Ele notou que ela não passara a correia da câmara, sua adorada Pentax, pelo pescoço; ela nunca fazia isso. Pela milésima vez ele poderia ter chamado a atenção dela, mas não teve ânimo de falar. Seu pé inchado latejava, e ele pensou nos longos dias que ainda lhes restavam em Ntsukunyane. Marguerite parecia infinitamente mais distante, mais longe até do que do outro lado do mundo, que era mesmo onde ela estava.

Ele percebeu que Tricia ia deixar a câmara cair uns quinze segundos antes que a coisa acontecesse. Caiu porque ela estava com a chave na outra mão. Se a correia estivesse em volta do pescoço, não teria importância. Ele sabia como é quando se está segurando uma coisa em cada mão e se perde o apoio das mãos ou dos pés. Nesses momentos, não dá para lembrar qual dos dois objetos é o mais importante. Tricia segurou a chave e largou a câmara. Para fotografar melhor o porco-espinho ela havia subido nas raízes contorcidas de uma árvore, raízes que pareciam ser tão firmes quanto degraus de pedra.

Ela deu um gritinho. Ao ouvir o barulho da queda e o grito, o porco-espinho eriçou os espinhos. Ford pulou para fora do carro, estremeceu quando botou o pé no chão, foi cambaleando pelo mato até Tricia, que ficou parada como se estivesse petrificada de medo dele. A câmara, os pedaços de câmara, haviam caído por entre as raízes contorcidas. Ele caiu de joelhos gritando com ela, xingando-a.

Tricia começou a correr. Correu de volta para o carro e pôs a chave na ignição. O carro estava virado em direção a Thaba e o relógio no painel indicava cinco e meia. Ford voltou mancando, acenando os braços para ela, com os pedaços da câmara quebrada nas mãos. Ela olhou para o outro lado e pisou fundo no acelerador.

O céu estava laranja-claro com o pôr do sol, faixas negras da noite que se aproximava estendendo-se no horizonte. Ela descobriu que sabia dirigir quando necessário, embora não pudesse passar no exame. Dois quilômetros adiante ela encontrou o casal de americanos. O rapaz pôs a cabeça para fora do carro.

– Tem alguma coisa lá que valha a pena?

– Nada – disse Tricia. – Vocês iriam perder seu tempo.

O rapaz deu meia volta e seguiu-a de volta ao acampamento. Passavam dois minutos das seis quando entraram em Thaba; foram os últimos carros a fazê-lo. Depois os portões se fecharam.

O TERRÍVEL DIA DO JUÍZO FINAL

Eram quatro homens trabalhando no cemitério. Haviam sido contratados pela prefeitura para fazer... o quê? Nem o capataz sabia direito qual era o serviço, que não havia sido especificado com muita clareza. Não era para limpar a parte central, certamente, pois esta seria uma empreitada não para quatro, mas para quatrocentos homens. E uma reserva biológica – e este era o propósito para o qual a área fora destinada – é necessariamente selvagem. Assim, era para pô-la em ordem, para remover os vestígios mais evidentes de vandalismo, para retirar as lápides caídas, para arrancar de determinadas trilhas sinuosas as sarças, a hera e as urtigas que as obstruíam. Quando perguntavam ao capataz se deviam fazer isso ou aquilo, ele dizia que fizessem o que achassem melhor, que ele não tinha certeza, que iria descobrir. Mas nunca o fez. Às vezes aparecia um funcionário da prefeitura que examinava o serviço, aprovava com um movimento de cabeça e desaparecia na cabana com o capataz para tomarem chá. À medida que o inverno se aproximava, o funcionário aparecia cada vez menos, e o capataz disse que aquela era uma tarefa impossível, que precisavam de mais homens, mas que a prefeitura não podia mais arcar com as despesas, que eles deviam fazer o melhor possível.

A cabana ficava junto ao portão principal. O capataz pregara uma planta do cemitério na parede ao lado da folhinha com a foto da garota de camisola transparente, que pertencia a Gilly. A chaleira e o fogareiro a álcool pertenciam ao capataz, mas as xícaras e o bule haviam sido trazidos por Marlon, que os ganhara da mãe. A cabana estava sempre quente, fedorenta e esfumaçada. O capataz fumava um cigarro atrás do outro, e Marlon também, embora ainda tão novo; havia pires cheios de cinzas e pontas de cigarro por toda parte. Um dia, Gilly, que não fumava, trouxe para a cabana uma lata que achara num jazigo aberto. O capataz e Marlon ficaram contentes por ganharem um cinzeiro novo e limpo, pois nunca consideraram a hipótese de esvaziarem os outros cinzeiros, e os deixavam encher e transbordar entornando cinza e pontas de cigarro pelo chão.

– Marlon ficaria apavorado se soubesse de onde veio essa lata – disse John. – Ele morreria de medo.

Mas Gilly apenas riu. Ele achava graça em tudo que havia no cemitério, até nos túmulos dos soldados, os únicos em bom estado, dos quais a Comissão Imperial de Túmulos de Soldados ainda cuidava. No início, ele se divertia se escondendo atrás de um jazigo ou de uma estátua e pulando de surpresa em cima de Marlon, mas o capataz, apesar de letárgico, havia acabado com aquilo porque Marlon não era como eles, era retardado e não sabia ler nem escrever direito.

O portão principal era ladeado por estruturas que o capataz chamava de pilares de pedra, mas que apenas John sabia serem colunas coríntias. Um muro alto circundava o cemitério, que era bem extenso, e uma larga faixa de terra junto ao muro havia há muito sido limpa, gramada e enfeitada com árvores que ainda estavam pequenas. Esta área era para ser um parque para a população da cidade. Era o núcleo, o coração do lugar, outrora a necrópole dessa cidade comercial, que seria entregue aos pássaros e a outros animais pequenos que se aventurassem a entrar e ficar.

Muitas espécies de pássaros já faziam ninho nos azinheiros e loureiros, nos olmos e bétulas de troncos prateados e finos. Corvos de asas como leques negros, pica-paus cujo taque-taque-taque podia ser ouvido à distância, pequenos pássaros cujo nome nem John sabia, que rastejavam em vez de saltitar pelo líquen que crescia sobre as lápides caídas. O lugar era silencioso, fora um farfalhar de asas eventual ou o estalido suave de um galho podre caindo. A cidade ficava num nível mais baixo, em torno do cemitério, mas no inverno ficava frequentemente encoberta pelo nevoeiro, e era difícil acreditar que milhares de pessoas lá moravam, trabalhavam e andavam apressadamente em meio a luzes fortes e barulhos. Os túmulos de seus antepassados estavam enfileirados, agrupados ou aglomerados aleatoriamente: pavilhões abobadados, lousas de mármore, cruzes de granito, colunas quebradas, urnas enfeitadas, lápides simples, tudo encoberto pelo mato, meio escondido. Não havia um único nome famoso ali, um título memorável, só os mortos obscuros, esquecidos, abandonados, que agora não inspiravam nada mais que o silêncio.

O silêncio só era quebrado pela conversa de Gilly. Ele só tinha um assunto, mas este era inesgotável e tudo o reconduzia a ele. Um nome num túmulo, um fragmento de poesia numa lápide, um par de pardais, a estátua decorosamente vestida de um anjo. – Legal, essa aí – dizia ele, acariciando o corpo de pedra de uma musa em prantos; e suas mãos eram tão ásperas e calejadas que John se admirava que uma mulher de verdade aguentasse ser tocada por elas. Ou, ao tirar a hera da sepultura de uma mãe de família que se casara três vezes: – Essa gostava até não poder mais, heim? – E esses comentários os levavam a reminiscências intermináveis a respeito das mulheres que tivera, que tinha agora, e previsões a respeito das que lhe estariam reservadas no futuro.

Nada o detinha. Nem a dor petrificada de pais enlutados pela filha morta aos dezessete anos, nem as evocações eternizadas do sofrimento das que morreram de parto. Alguns dos jazigos haviam sido saqueados e deixados abertos; Gilly entrava neles por escadas subterrâneas e gritava para John e Marlon lá de baixo que ali era um bom lugar para se levar uma garota. – Deve ser legal no verão. Tem prateleiras aqui que servem de cama. Um quartinho dos bons.

John muitas vezes se lamentava de uma coisa que havia feito e levara Gilly a admirá-lo. Foi no seu primeiro dia de trabalho. Sabia, mesmo antes de fazê-lo, que seu objetivo era mostrar que ele era diferente dos outros, deixar claro, desde o início, que ele só era trabalhador porque não havia outro trabalho disponível para alguém como ele. Queria que eles soubessem que ele havia feito faculdade e era professor formado. A vergonha e a humilhação de ver-se forçado a aceitar aquele trabalho braçal o consumia. Eles tinham que compreender que seu grau de instrução o habilitava a algo melhor. Mas isso fôra uma vaidade tola.

Não havia mais nada na cova senão pedras e folhas mortas. Mas ele pulara lá dentro, suspendera uma pedra esburacada e bradara em alto e bom som: – Esta caveira outrora teve língua e cantava. Como este patife a atira ao chão, qual fora a queixada de Caim, o primeiro assassino!

Gilly olhou para ele espantado. – Foi você mesmo que inventou isso?

– Shakespeare – disse ele. – Hamlet. – E a admiração no rosto amorfo e de nariz chato de Gilly o fez continuar, excitado com o sucesso, um fanfarrão numa cova imunda. – Eu te peço, Horácio, dize-me uma coisa. Pensas que Alexandre tenha este mesmo aspecto no túmulo? E este cheiro? Ugh!

Marlon empalidecera; seu rosto ficara desfigurado entre as mechas do fino cabelo louro. Ele usava uma roupa azul pesada, uma espécie de *parka,* mas, parado contra a parede da capela, com um céu à El Greco por sobre a torre da capela, um céu púrpura e negro movendo-se em rajadas sobre esta Toledo setentrional, a roupa dava-lhe um ar medieval. Mas Gilly estava rindo, implorando a John que continuasse, e John continuou, representando para aquela plateia pífia, segurando a pedra no ar. – Ah, pobre Yorick!... – até que finalmente arremessou a pedra com um floreio de canastrão. Voltou para cima, Gilly deu palmadinhas em suas costas e lhe disse que era muito inteligente. E Gilly demonstrou o que era e o que tudo aquilo significara para ele, exigindo que John repetisse aquela fala, o trecho sobre os lábios que tantas vezes beijei que perdi a conta.

Marlon não riu nem o elogiou. Perplexo, assustado com a ousadia e a incompreensibilidade da cena, desajeitadamente acendeu outro cigarro, mais um dos sessenta que fumaria naquele dia. Os cigarros eram tudo o que ele tinha, um tênue ponto de contato com aquele mundo real onde sua mãe, dezesseis anos antes, lhe dera o nome de um ator famoso. A fumaça fluía de seus lábios frouxos. De certa forma, não fosse aquele cigarro, ele poderia muito bem ser um ator num auto sacramental, talvez, ou num coro de loucos. Naquele dia, como em todos os outros que se seguiram, ele foi andando atrás deles pelas aleias sombreadas, sob os azinheiros de folhas grossas, por entre as pequenas casas dos mortos, de volta à cabana.

Lá, beberam chá, depois foram embora; o capataz, para sua casa geminada, ao encontro de sua querida esposa; Marlon, ao encontro de sua mãe, cômodos abafados e comerciais de TV; John, para seu conjugado; Gilly (como John, seu favorito, agora tinha o privilégio de saber), para os braços da esposa de um dono de cassino que não tinha a virilidade de um coveiro.

A capela era feita de pedras cinza-amareladas. Havia uma nave octogonal, e no piso um capim fino crescia entre as lajes. Num dos lados havia uma torre quadrada, encimada em cada canto por uma estreita cúspide enfeitada. As quatro cúspides, castigadas pelo tempo, carcomidas, manchadas, pareciam quatro agulhas cobertas de ferrugem. Os operários usavam a capela como depósito de pedaços de lápides quebradas e grades de ferro. Nem mesmo as provocações de Gilly conseguiam fazer Marlon entrar lá. Ele tinha medo de Gilly e do capataz, mas não tanto quanto da capela, de seu eco e das cinzas sob seus pés.

Gilly disse: – O que você faria, Marl, se você se virasse e em vez de eu estar aqui, fosse um esqueleto embrulhado numa mortalha, eh, Marl?

– Deixe ele em paz – disse John, e, quando ficaram sozinhos na capela: – Você sabe que ele é meio retardado.

– Você usa palavras difíceis, John. Para mim, ele é pirado. Você sabe o que ele me disse ontem? Que todas as sepulturas vão se abrir e os mortos vão sair. Isso vai acontecer num dia especial. Eu perguntei: "Que dia é esse, então?" Mas ele ficou só balançando a cabeça.

– O terrível Dia do Juízo Final – disse John. – Quando todos os segredos serão revelados.

– Eu é que não ia gostar. Essas caveiras iam morrer de vergonha se eu contasse o que andei aprontando ontem à noite. Todos os segredos, é? Tem sepultura aí que, se elas abrirem, vai ter um monte de caras atrás de mim, isso sem falar naquele filho da mãe, você sabe. Ele ia quebrar aquela maldita roleta dele, ia mesmo.

– Na sua cabeça, sem dúvida – disse John.

– Só quero uma vida curta, mas com muita bandalheira. – Saíram para a luz fria e pálida do sol. – Dê uma olhada nisso. Angelina Clara Bowyer, 1816-1839. A mesma idade que você, cara, e já tinha tido cinco filhos. Deve ter acabado com o marido dela.

– Acabou foi com ela – disse John, e parecia vê-la, o cabelo preso em tranças, o vestido comprido e austero, as marcas da tuberculose no rosto. Via o jovem marido de luto no meio daquelas crianças criadas à base de pão com manteiga, o crepe em seu chapéu, o capote preto. Sob um céu como aquele, o sol parecendo uma poça d'água no meio de camadas de nuvens, ele chegou com o padre, os outros acompanhantes do enterro e as pessoas que carregavam o caixão, para enterrá-la. As flores murchavam no vento cortante – será que traziam flores aos enterros naquela época? Ele não sabia, e este fato dissolveu a visão e levou-o de volta para o ruído da pá contra o granito, o cheiro do cigarro de Marlon e a falação de Gilly, que era tão maçante quanto a de uma velha falando de seus achaques e de suas dores, só que ele estava falando de sexo.

Sempre paravam de trabalhar às quatro, agora que anoitecia mais cedo. – Os dias estão ficando mais curtos – disse o capataz, enquanto preparava o chá e enchia de guimbas a lata que Gilly encontrara na cova.

– Quando é que vamos acabar com isso? – gaguejou Marlon, aproximando-se do fogareiro, tossindo um pouco.

– Depende do que nós temos que acabar – disse o capataz.

– Cavar um pouco aqui, limpar um pouco ali. Meu palpite é que aquele sujeito da prefeitura vai aparecer por aqui um dia desses e dizer: "É isso aí, caras, agora vocês podem largar tudo para os esquilos".

Gilly estava olhando para sua folhinha, virando da página com a garota de camisola de novembro para a da garota vestida de Papai Noel de dezembro. – Por mim, eles derrubavam tudo, aquela parte do centro, botavam grama e transformavam tudo num parque. Isso, sim, é que é saudável. Um lugar onde os rapazes podiam levar sua garotas. Parque Cantinho dos Namorados, esse seria um bom nome. Eu queria ver passarinhos de verdade por aqui, não esses malditos corvos.

– Não se pode fazer isso – disse Marlon. – Tem gente morta lá.

– E daí? Também tinha defuntos em volta do centro, mas tiraram eles de lá. Fizeram aquele negócio... como é que se diz, John?

– Dessagraram a terra.

– Ouviu o que o John disse? Ele é culto, ele sabe.

Marlon levantou-se com o cigarro pendurado dos lábios. – Você quer dizer que desenterraram os mortos? Tinha mais e desenterraram eles?

– Claro que sim. Você não pensava que eles estavam lá debaixo, pensava?

– Então, onde é que eles vão estar quando o Dia chegar? Como é que eles vão levantar as pedras e sair?

– Olhe aqui, pelo amor de Deus – disse o capataz –, pare com isso, Marlon. Eu acho que a sua mãe não deveria continuar levando você para a igreja se é para você ficar com essas bobagens.

– Eles têm que sair, eles têm que sair e julgar – gritou Marlon, e então o capataz disse-lhe rispidamente que calasse a boca, pois, quando a escuridão avançava sobre a cabana e o centro do cemitério era um monte escuro encimado pelas agulhas da capela que mais pareciam chifres, até ele ficava impressionado com aquele tipo de coisa.

John ficou a pensar qual seria a igreja que Marlon frequentava, talvez alguma seita esquisita. Ou seria apenas seu cérebro imperfeito que distorcia o significado comum do Dia do Juízo Final e dava-lhe uma versão só sua? Os mortos indignados, os mortos que julgavam, estendidos, reprovadores, sob a terra.

Para John, de início o cemitério era apenas uma colina arborizada, e as lápides nada mais que afloramentos graníticos. Não era mais assim, agora. Os nomes nas inscrições nas lápides, examinadas por ele em silêncio, lidas em voz alta e zombeteira por Gilly, evocavam as imagens dos mortos. James Calhoun Stokes, 1798-1862, comerciante desta cidade; "Probo em todas suas transações, foi de porte aprumado e ereto ao encontro de seu Criador". Gilly tinha uma versão obscena disto, é claro. Thomas Charles Macpherson, 1802-79, construtor; "Abençoados os puros de coração". Lucy Matilda Osborne, 1823-96; "Sua humilde submissão ao marido e dedicação aos filhos só foram excedidos por sua pia devoção a Deus". John podia vê-los com seus fraques, batas de bombazina, ou de gorro de dormir em seus leitos de morte.

Mas Marlon os via como uma procissão imponente. De ouvidos atentos, vigilantes, aguardando talvez a indignação final.

– Que monte de besteiras! Você vai parar lá embaixo logo, logo, fumando desse jeito. – Gilly estava sentado numa lápide caída, rindo. Estava falando a John a respeito da mulher do dono do cassino, tentando encontrar entre as estátuas que haviam empilhado uma que fosse parecida com ela. Figuras femininas que simbolizam a Grã-Bretanha, musas, personificações das virtudes ou das artes, estavam caídas, seus rostos inexpressivos virados para cima, para o céu coberto de nuvens.

– O que nós vamos fazer com eles? – perguntou Marlon com a mesma voz desesperada que usava tanto para fazer perguntas banais quanto para dar seus brados de profeta.

– Pergunte ao capataz – disse John.

– Ele não vai saber. – E Gilly levou ao colo a estátua quase nua, coberta apenas na altura dos quadris com um pano de bronze. – Sujeitinho sacana, esse tal de Sidney George não-sei-das-quantas; que ideia, botar ela sentada em cima dele depois de morto.

– Ele era historiador, segundo a placa – disse John. – Ela deve ser Clio, a musa da História. É por isso que ela tem um pergaminho na mão. – E depois, porque estava aborrecido com Gilly e apreensivo a respeito de

Marlon: – Vamos meter todas elas na capela até o cara da prefeitura aparecer.

Mas Gilly se recusou a abrir mão da brincadeira de acariciar a estátua. Cada pedaço acessível de sua anatomia foi esquadrinhado, até que, de repente, ele deu um salto, deixou-a cair num dos sulcos que o caminhão havia feito na lama e subiu as escadas do monumento sustentado por colunas de cujo topo ela havia caído. Entrou nele, como um sátiro, pensou John, num templo profanado pelas chuvas setentrionais. Levantou os braços.

– Eu disse que você era um velho sacana, Sidney, e era, mesmo! Tive uma garota chamada Clio, e ela não era fácil. – A voz dele cortava a espessa meia-luz, o silêncio, o nevoeiro. Desceu a escada aos pulos, chutou uma lápide aqui, uma urna de mármore ali e empoleirou-se numa coluna quebrada. – Vamos, saiam, todos vocês, se quiserem, só que vocês não podem, vocês estão mortos!

E então Marlon emitiu um som horrível, um gemido como o que dá um homem adormecido, tendo um pesadelo, quando pensa que está gritando. Entrou na cabine do caminhão e ficou encolhido lá.

– Seu filho da mãe! – John pegou o maço de Marlon que caíra no chão e limpou-o. – Por que você tem que se comportar como se tivesse dez anos?

– Tenho que arranjar alguma diversão nessa droga de lugar – disse Gilly, de mau humor. – Fim do mundo.

– Mas é isso mesmo, não é? O que você queria? Um bar? Bebida? Dançarinas?

Gilly começou a rir e pegou a musa novamente. – Até que essa dançarina aqui caía bem. Acho que ninguém ia dar pela falta dela, não é? Ela ficaria legal na minha casa. Eu podia botar ela em cima da mesa.

– Para quê?

– Todo mundo tem estátua, não tem? Tem estátua na prefeitura também. Daria um toque de classe à minha casa.

– Vamos lá – disse John –, vamos meter todas elas na capela. O capataz vai ficar uma fera se vir você saindo com isso. Ela é grande demais para sair daqui dentro da sua jaqueta.

Assim, empilharam as estátuas e as urnas na capela, e Gilly divertiu-se gritando insultos e palavrões que batiam nas paredes imponentes e lhe voltavam em forma de eco, enquanto os pombos pretos e as rolas brancas voavam das gretas, assustados.

– O que você fica fazendo naquele seu quarto, John? Deve ser um saco ficar sozinho toda noite. Que tal pintar na casa da minha garota? Ela tem uma amiga muito gostosa. A gente podia dar uma festinha, e olha que não estou falando de beber e comer.

– Não, obrigado – disse John e atenuou a negativa dizendo que precisava estudar, o que deixou Gilly impressionado. Não que ele fosse um puritano; mas a perspectiva de um relacionamento com os amigos de Gilly ofendia a delicadeza de sua natureza esnobe e pretensiosa. Era muito melhor a companhia muda de James Calhoun Stokes, de Angelina Bowyer e do historiador; era melhor, ao entardecer, pensar neles e pensar sobre suas vidas desaparecidas. Embora, ao recusar, achasse provável que o insensível Gilly era bem capaz de não aceitar sua resposta negativa e aparecer uma noite com as duas garotas para tirá-lo da cama. Ele tinha um pouco de medo disso, mas não chegava a ser o pavor obsessivo de Marlon pelas ameaças do outro mundo.

Quando Gilly finalmente apareceu, foi numa noite fria e enluarada, e estava só.

– Estou dando no pé – disse Gilly. – Caindo fora. Tudo que é bom um dia chega ao fim. Você pode avisar o capataz de manhã, tá? Eu vou pro sul. Tenho uma garota em Londres, pra ela é Deus no céu e eu na terra, coitada da piranha. Eu vou ficar com ela. Mas isso é só entre nós dois, certo?

– Mas por quê?

– Ele descobriu, o coroa dela, e eu acho que ele vai mandar os capangas dele atrás de mim. Deu uma surra nela – cambada de bandidos, é o que eles são. Vou sentir saudades dela. – Havia lágrimas em seus olhos, e John ficou espantado, atônito, perplexo. – Coitada da piranha – disse Gilly, e aquilo era uma demonstração de afeto, uma carícia.

– Você quer que eu vá até a estação com você?

– Não precisa, não. Eu só vim pedir pra você avisar o capataz. De qualquer forma, tem uma coisa que eu preciso fazer primeiro, pegar aquela estátua, aquela Clio. O trem só sai às onze, e eu quero ela. – Ele se virou de lado. – Como lembrança; é igualzinha a ela, cuspida e escarrada.

– Você vai entrar no cemitério à noite para *isso?*

– É, eu quero ela. – Seus olhos vidrados exprimiam uma fome patética. Naquelas poucas palavras ele expressara tudo o que sabia, do jeito que sabia, sobre o amor. Só era eloquente na lascívia. – Hoje tem lua – disse ele. – Trouxe uma lanterna. Vou pular o muro.

– Até logo, Gilly – disse John. – Boa sorte.

Pela manhã o céu estava cor de cobre, cinza no alto, avermelhado no horizonte, onde o sol se encontrava. O solstício de inverno chegara.

– Parece o fim do mundo – disse Marlon.

O capataz entrou, esfregando as mãos. – Vamos ter neve antes do fim do dia. Gilly está atrasado. – John disse-lhe que Gilly não iria. Não explicou por que, e ficou esperando uma explosão de raiva. Mas o capataz limitou-se a fazer uma careta; pôs a chaleira no fogo e pegou um dos cigarros de Marlon.

– Não perdemos nada – disse ele. – Não vamos sentir falta dele. E a menos que eu me engane, nós vamos ser dispensados hoje quando esta droga de lugar ficar atolado na neve. Vocês vão ter um bom descanso de Natal.

Marlon não parecia inclinado a trocar o calor abafado da cabana, onde o capataz agora tinha um braseiro de carvão de coque, pelo ar úmido e a obscuridade amarelada do cemitério. Mas o capataz queria livrar-se deles, ficar sozinho, gozando aquele calor no ócio e em paz. Arrancou a folhinha de Gilly e enfiou-a no meio das brasas, e a última coisa que John viu dela foi o corpo moreno e reluzente de uma moça nua rodopiando no fogo. Saíram para a friagem do dia mais curto do ano, e o capataz limpou ele próprio o gelo do para-brisa do caminhão, para apressá-los.

O cemitério estava tão ameaçador na escuridão, sob aquele céu esquisito, que John achou que o garoto ia criar problemas. Mas Marlon, após John repetir várias vezes que Gilly não viria mais, após ele finalmente compreender isso, ficou mais animado e mais normal do que John jamais o vira. Chegou mesmo a rir. Ficou empurrando John de um lado para o outro na cabine do caminhão e, quando isso fazia o caminhão balançar, ria até não poder mais.

Mas depois que chegaram à área central do cemitério e começaram a limpar a aleia principal, ele ficou quieto, embora parecesse calmo. Durante todos aqueles meses John sonhara em ter sossego, livrar-se da fanfarronice e das obscenidades de Gilly, mas agora que isso acontecera ele não se sentia à vontade. O fato de estar ali sozinho com Marlon tinha alguma coisa a ver com isso. Ele desprezava a si mesmo por ter medo de um pobre rapaz retardado; no entanto, tinha medo. A atmosfera que se adensava contribuía para isso, e também aquele frio, sem vento, a escuridão crescente, como num eclipse, e o jeito de Marlon, que ficava parado minutos a fio, aéreo, balançando a pá. Mas o que o fez desejar ansiosamente que a neve começasse a cair e os fizesse voltar para a cabana foi o novo hábito de Marlon, agora que Gilly não estava mais lá para debochar dele, de tocar nas lápides e aparentemente cochichar com elas. O fato de que ele fazia isso com reverência e cautela não contribuía em nada para tranquilizar o espírito de John. Era como se ele estivesse apaziguando os mortos, assegurando-os de que agora tudo estaria bem. E a sensação de John, cada vez mais forte com o lento passar do tempo, era que o cemitério de alguma forma sofrera uma mudança. Para ele, o cemitério, de início, era apenas um local de trabalho; mais tarde, a morada da tristeza e do passado esquecido; mas nunca, até agora, um lugar macabro. Talvez boa parte desta sensação se devesse à própria estranheza do dia, ao lusco-fusco permanente, à consciência de que a terra alcançara agora sua maior distância do sol.

Mas era mais do que isso. Isso poderia explicar as distorções que ele pensava ver, que fazia os túmulos parecerem estar mais próximos uns dos outros e a torre da capela mais alta e sombria, mas não a sensação de que alguma convulsão e algum ultraje ocorrera no cemitério desde a última vez que olhara para ele. Foi quando essas fantasias ficaram tão intensas a ponto de fazê-lo imaginar alguma mudança física real, as posições das lousas e das lápides modificadas, que ele olhou para o relógio e disse a Marlon que agora podiam parar para o almoço.

O capataz disse para tirarem um carregamento de entulho da capela, e depois podiam parar. O céu clareara um pouco, ficara uniformemente pálido, mas ainda precisaram ligar os faróis. Os feixes de luz pálidos e embaciados, esquadrinhavam a vegetação rasteira e morriam na escuridão. Estacionaram junto à torre.

– Dá para fazer uma forcinha e entrar? – disse John. – Ou será que vou ter que fazer tudo sozinho?

Marlon conseguiu dar um sorriso acanhado e matreiro. – Entra você primeiro.

O entulho estava empilhado contra a parede oposta ao octógono. Ele viu Gilly antes de chegar lá. Gilly estava deitado de costas no meio das musas e das virgens; a cabeça e o rosto formavam uma massa de sangue escuro coagulado, à qual fragmentos e lascas de pedra haviam grudado. Clio, momento de amor, caíra de suas mãos. Os olhos dele ainda estavam abertos, como se ainda vissem aqueles vingadores.

– Gilly, Gilly! – gritou John, e as oito paredes responderam: "Gilly, Gilly!" – gritando para Marlon, que entrava na nave. Marlon não pronunciou o nome de Gilly. Deu um grito forte.

– Os mortos saíram! Os mortos julgaram ele! O Dia chegou, o fim do mundo... é o Dia, o Dia, o Dia!

Das cimalhas, do telhado quebrado, vieram os pássaros, rodeando, grasnando, num grande bater de asas. E o eco troava como um dobre de sinos fúnebres. John foi aos tropeções atrás de Marlon, atrás da figura apressada que clamava como um profeta no deserto e entrava na brancura que purificava o mundo.

Em grandes flocos irregulares, a neve começara a cair.

– Acho que seis dá – disse ele. – Seis caixas, então, e um baú. Se vocês entregarem amanhã, eu embalo tudo e aí o seu pessoal pega tudo na quarta. – Ele fez uma anotação num pedaço de papel. – Ótimo – disse ele. Amanhã por volta da hora do almoço.

Ela não se mexera. Ainda estava sentada na grande cadeira de braços de carvalho no outro lado da sala. Ele se obrigou a olhar para ela e logrou dar um sorriso forçado, fingindo que estava tudo bem.

– Tudo bem – disse ele. – Eles são muito eficientes.

– Eu não podia acreditar – disse ela – que você fosse realmente fazer isso. Só acreditei quando ouvi você falando no telefone. Eu não podia imaginar que isso fosse possível. Você vai realmente embalar e despachar todas essas coisas para ela.

Ia começar tudo de novo. Claro. Só ia terminar quando ele levasse tudo e fosse embora, para longe de Londres e dela, para sempre. E ele não ia discutir nem ficar se defendendo com longos discursos. Acendeu um cigarro e esperou que ela começasse, lembrando que os bares abririam dentro de uma hora e aí ele poderia sair e beber alguma coisa.

– Não entendo por que você veio aqui – disse ela.

Ele não respondeu. Ainda estava segurando a cigarreira e então fechou a tampa, sentindo o frescor do ônix nas pontas dos dedos. Ela empalidecera. – Só para pegar suas coisas? Maurice, você voltou só para isso?

– Elas são minhas – disse ele, secamente.

– Você podia ter mandado outra pessoa. Até mesmo me escrever pedindo para eu fazer isso...

– Eu nunca escrevo cartas – disse ele.

Então ela se mexeu. Agitou a mão em frente à boca.

– Como se eu não soubesse disto! – Estava ofegante; fazendo um grande esforço, firmou a voz. – Você ficou na Austrália um ano, um ano inteiro, e não me escreveu nem uma vez.

– Eu telefonei.

– É, duas vezes. A primeira, para dizer que me amava, que estava com saudades, louco para voltar, e perguntar se eu ia esperar por você, se havia outro homem. A segunda, na semana passada, para dizer que estaria aqui no sábado e perguntar se podia... podia ficar aqui. Meu Deus, eu vivi com você dois anos, estávamos praticamente casados, e aí você telefona e pergunta se podia ficar aqui!

– Lógico – disse ele. – O que você diria no meu lugar?

– Em primeiro lugar, eu mencionaria a Patrícia. Ah, sim, eu falava nela. Eu teria a decência, o mínimo de consideração, de fazer isso. Você sabe o que eu pensei quando você disse que estava vindo? Que eu já devia saber como ele é esquisito, como é distante, não escreve, não telefona nem nada. Mas é o Maurice, é o homem que eu amo, e ele está voltando para mim, vamos nos casar, e como estou feliz!

– Eu lhe falei a respeito de Patrícia.

– Só depois de fazer amor comigo.

Ele recuou. Aquilo fora um erro. É claro que ele não tivera a intenção de tocar nela além do indispensável beijo de cumprimento. Mas ela era muito bonita, ele estava acostumado com ela, e ela parecia estar contando com aquilo... e, ora, que diabo! As mulheres nunca entendiam como os homens encaram o sexo. E só havia uma cama, não é? Teria havido uma cena e tanto naquela primeira noite se ele houvesse manifestado intenção de dormir no sofá da sala.

– Você fez amor comigo – disse ela. – Você foi muito ardente, exatamente como era antes, e aí, na manhã seguinte, você me contou. Você havia conseguido um visto de permanência para ficar na Austrália, arranjado um emprego, conhecido uma mulher com quem queria se casar. Foi assim mesmo que você me contou, na mesa do café. Você já apanhou na cara, Maurice? Já lhe pisaram nos seus sonhos?

– Você preferia que eu esperasse mais tempo? Quanto a apanhar na cara – ele esfregou o rosto –, você tem um soco e tanto...

Ela estremeceu. Levantou-se e começou, lenta e obstinadamente, a andar de um lado para o outro na sala. – Eu mal encostei a mão em você. Queria ter matado você! – Parou junto a uma mesinha. Sobre ela havia uma estatueta de porcelana, um corta-papel de bronze e um porta-cigarros que fazia par com o cinzeiro. – Todas essas coisas – disse ela. – Eu cuidei delas para você. Elas eram sagradas para mim. E agora você vai despachar tudo para ela. Os objetos que eram nossos. Eu ficava olhando para eles e pensava: Maurice comprou aquilo quando fomos a... ah, meu Deus, não dá para acreditar. Vai mandar tudo para ela!

Ele inclinou a cabeça em afirmação, olhando firme para ela.

– Você pode ficar com as coisas grandes – disse ele. – Especialmente o sofá. Tentei dormir nele duas noites e não quero ver essa porcaria nunca mais.

Ela pegou a estatueta de porcelana e a jogou em cima dele. Não o atingiu porque ele se esquivou e deixou que ela se espatifasse na parede, por pouco não acertando um desenho emoldurado. – Cuidado com o Lowry – disse ele, laconicamente. – Paguei muito caro por ele.

Ela se jogou no sofá e começou a chorar. Debatia-se, socando as almofadas. Ele não ia se comover com aquilo – não ia se deixar comover de jeito nenhum. Assim que houvesse empacotado tudo, iria partir e passar os próximos três meses passeando pela Europa. Um homem livre, livre para passear, divertir-se, sair com mulheres, entregar-se aos prazeres e loucuras da mocidade pela última vez. Depois, voltar para Patrícia, um lar, um emprego e responsabilidades. Era um futuro brilhante que aquela mulher histérica não ia atrapalhar.

– Cale a boca, Betsy, pelo amor de Deus – disse ele. Sacudiu-a com força pelos ombros e depois saiu, porque já eram onze horas e ele podia ir beber alguma coisa.

Betsy fez um café e banhou os olhos inchados. Ficou andando pela sala, olhando para os enfeites e os livros, os copos, as jarras e as luminárias, que ele tiraria dela no dia seguinte. Não que ela se importasse tanto em perdê-los, as coisas em si; o problema era a aridez que restaria, e saber que tudo aquilo iria pertencer a Patrícia.

Durante a noite ela se levantara, achara a carteira dele, retirara as fotos de Patrícia e as rasgara. Mas lembrava-se do rosto atraente, inflexível, ambicioso e ficou imaginando aqueles olhos brilhantes se arregalando à medida que Patrícia desempacotasse as caixas, as mãos predatórias escarafunchando o baú à procura de outras preciosidades. Talvez antes mesmo de Maurice chegar, arrumando as luminárias, os copos e os enfeites na casa deles para agradá-lo quando ele finalmente chegasse.

Ele ia se casar com ela, é claro. Imagino que ela pensa que ele é fiel a ela, pensou Betsy, da mesma forma que eu pensava que ele era fiel a mim. Agora eu sei que não é nada disso. Coitada, a idiota não sabe o que ele fez assim que ficou sozinho com ela, ou o que ele iria fazer na França e na Itália. Seria um belo presente de casamento para mandar para ela, junto com todo bricabraque do baú, não seria?

Bem, por que não? Por que não abalar o casamento deles antes mesmo que começasse? Uma carta. Uma carta escondida, digamos, naquele pote de guardar gengibre, azul e branco. Sentou-se para escrever. Cara Patrícia... que jeito mais idiota de começar uma carta, mesmo que fosse para um inimigo.

Cara Patrícia: Não sei o que Maurice lhe contou a meu respeito, mas estamos vivendo aqui como amantes desde que ele chegou. Para ser mais explícita, estou dizendo que fizemos amor, que dormimos juntos. Maurice é incapaz de ser fiel a quem quer que seja. Se você não acredita, pergunte a si mesma por que, se ele não me queria, ele não ficou num hotel. É só isso. Assinou, e sentiu-se um pouco melhor, calma o suficiente para tomar um banho e comer alguma coisa.

Seis caixas e um baú chegaram no dia seguinte. As caixas cheiravam a chá, e havia vestígios de folhas de chá no fundo delas. O baú era de metal prateado e tinha fechos de metal dourado. Era uma bela peça, de um metro e meio de comprimento, um de altura e meio de largura, e a tampa se encaixava tão bem que parecia hermeticamente fechada.

Maurice começou a embalar tudo às duas. Usou papel de seda e jornais. Encheu as caixas com utensílios de cozinha, copos, baixelas, talheres, livros e com as roupas que deixara lá um ano antes. Cuidadosamente, e com um certo prazer cruel, evitou tudo que Betsy pudesse afirmar que era dela – as coisas baratas e de mau gosto, as colheres e garfos de aço inoxidável, a cerâmica vulgar, os lençóis de cores horríveis, vermelho, laranja e verde-oliva, que ele sempre detestara. Ele e Patrícia iriam dormir em lençóis brancos.

Betsy não ajudou. Ficou observando, fumando um cigarro atrás do outro. Ele pregou as tampas das caixas e em cada uma delas escreveu com tinta branca seu endereço na Austrália. Mas não escreveu seu nome, e sim o de Patrícia. Não fez isso para irritar Betsy, mas ficou satisfeito ao ver que aquilo a irritava.

Ele só voltara para o apartamento a uma da manhã, e evidentemente não tinha a chave. Betsy se recusara a deixá-lo entrar, deixara-o lá embaixo na rua, e ele tivera que ficar sentado no carro alugado até as sete. Ela também parecia não ter dormido. Srta. Patrícia Gordon, escrevia ele com movimentos rápidos e precisos.

– Não se esqueça do pote de gengibre – disse Betsy. – Não quero ele.

– Isso vai no baú. – Srta. Patrícia Gordon, 23 Burwood Park Avenue, Kew, Victora, Australia, 310l. – Todas essas coisas melhores vão no baú. Quero dá-las como um presente especial para a Patrícia.

O Lowry foi tirado da parede, cuidadosamente embalado e embrulhado. Embrulhou o cinzeiro de ônix, o porta-caneta, a tigela de alabastro, o corta-papel de bronze, as pequenas xícaras chinesas, os copos altos de vinho. A estatueta de porcelana, infelizmente... ele abriu a tampa do baú.

– Tomara que a alfândega abra esse baú! – berrou Betsy. – Tomara que confisquem e quebrem tudo! Vou rezar toda noite para isso tudo ir parar no fundo do mar antes que chegue lá!

– O mar – disse ele – é um risco que tenho que assumir. Quanto à alfândega... – Ele sorriu. – Patrícia trabalha na alfândega, é inspetora da alfândega... não lhe contei, não? Duvido muito que sequer olhem aí dentro. – Preencheu uma etiqueta e grudou-a no baú. Srta. Patrícia Gordon, 23 Burwood Park avenue, Kew... – E agora preciso sair e arranjar um cadeado. As chaves, por favor. Se você tentar me impedir de entrar desta vez, vou chamar a polícia. Lembre-se que ainda sou o locatário oficial deste apartamento.

Ela lhe entregou as chaves. Depois que ele saiu,

ela pôs a carta no pote. Ela esperava que ele fechasse a tampa de uma vez mas ele não o fez. Deixou-a aberta, a tampa virada para trás, o cadeado novo pendurado no fecho dourado.

– Tem alguma coisa para comer? – perguntou ele.

– Vá arranjar você mesmo sua comida! Vá arranjar outra mulher para lhe dar de comer!

Ele preferia que ela ficasse zangada e furiosa; era o amor dela que ele temia. Voltou à meia-noite, encontrou o apartamento às escuras, deitou-se no sofá com as caixas ao seu redor como proteção, como barricadas. A tinta branca era visível no escuro. Srta. Patrícia Gordon...

Logo depois Betsy entrou na sala. Não acendeu a luz. Insinuou-se entre as caixas, carregando uma vela num pires que colocou sobre o baú. À luz da vela, com sua camisola branca comprida, parecia um fantasma, uma louca sem eira nem beira, uma aparição.

– Maurice.

– Vá embora, Betsy, estou cansado.

– Maurice, por favor. Desculpe eu ter dito aquelas coisas. Desculpe eu ter deixado você na rua.

– Tudo bem, eu também peço desculpas. É constrangedor, acho que eu não devia ter feito as coisas desse jeito. O melhor agora é eu ir embora, levar minhas coisas, acabar logo com isso, certo? E agora, por favor, seja boazinha, vá embora e me deixe dormir um pouco, está bem?

Mas ele não contava com o que aconteceu a seguir. Nem lhe passara pela cabeça. Os homens não sabem como as mulheres encaram o sexo. Ela se atirou sobre ele, desajeitadamente, avidamente. Deitada sobre ele, apertando as pernas dele entre os joelhos, abriu-lhe a camisa com violência e começou a beijar-lhe o pescoço e o peito, segurou-lhe a cabeça, apertou sua boca contra a dele.

Ele a empurrou com toda a força. Afastou-a para longe dele, ela caiu e bateu com a cabeça no baú. A vela caiu, a chama tremeu e se apagou numa poça de cera. No escuro, ele soltou uma enxurrada de palavrões. Acendeu a luz e ela se levantou, segurando a cabeça onde havia um pouco de sangue.

– Sai daqui, pelo amor de Deus – disse ele; empurrou-a com brutalidade e bateu a porta.

Pela manhã, quando ela entrou na sala com uma equimose azulada na testa, ele estava dormindo todo vestido, deitado de costas com os braços e as pernas estendidos, todo esparramado. Ela estremeceu ao vê-lo. Começou a tomar o café, mas não conseguiu comer nada. O café dava-lhe ânsia de vômito, e um calafrio de nojo a fez estremecer. Quando voltou para a sala ele estava sentado no sofá, olhando para a passagem de avião para Paris.

– Os homens vêm buscar as coisas às dez – disse ele como se nada houvesse acontecido – e é melhor eles não se atrasarem. Tenho que estar no aeroporto ao meio-dia.

Ela deu de ombros. Descera ao fundo do poço e agora achava que ele não tinha mais como magoá-la.

– É melhor você fechar o baú – disse ela, distraída.

– Ainda não – os olhos dele lampejavam. – Ainda tenho uma carta para botar lá dentro.

Com a cabeça inclinada, a equimose dolorida e inchada, ela lhe dirigiu um olhar ameaçador. – Você nunca escreve cartas.

– É só um bilhete. Não se pode mandar um presente sem um bilhete junto, não é?

Ele tirou o pote de gengibre do baú, arrancou a carta dela sem nem mesmo olhar e jogou-a no chão. Rapidamente, mas com muita classe e fazendo questão de que Betsy visse o que fazia, rabiscou num pedaço de papel: "É tudo para você, Patrícia querida, para todo o sempre".

– Como eu te odeio! – disse ela.

– Pois não parece – tirou do baú uma grande luminária de canto e colou-a no chão. Enfiou o bilhete no pote, embrulhou-o de novo e enfiou-o entre as toalhas e almofadas que protegiam os objetos frágeis. – Ódio não é a palavra que eu usaria para qualificar o seu comportamento essa noite.

Ela não replicou. Talvez ele devesse ter posto um objeto pesado como aquela luminária numa das caixas, talvez devesse abrir uma das caixas agora. Virou-se para pegar a luminária. Não estava lá. Ela a estava segurando com ambas as mãos.

– Me dê isso, por favor.

– Você já apanhou na cara, Maurice? – perguntou ela, ofegante, levantou a luminária e acertou-a em cheio na testa dele. Ele cambaleou e ela o golpeou de novo, golpeou-o repetidamente no rosto e na cabeça. Ele gritou. Curvou-se, cobrindo o rosto com as mãos ensanguentadas. Aí, com toda a força, com um movimento circular, ela lhe acertou um golpe forte, e ele caiu de joelhos, rolou para o chão e finalmente ficou imóvel, silencioso.

Havia muito sangue, embora logo parasse de correr. Ela ficou parada, olhando para ele, soluçando. Estivera ela a soluçar o tempo todo? Estava coberta de sangue. Arrancou as roupas e deixou-as cair em torno de si. Por um instante ajoelhou-se ao lado dele, nua, chorando, balançando-se para frente e para trás, dizendo o nome dele, mordendo os dedos pegajosos de sangue.

Mas o instinto de autopreservação é mais forte, mais forte que o amor, o sofrimento, ódio ou arrependimento. Eram nove horas e em uma hora os homens estariam ali. Betsy foi pegar um balde d'água, detergente, panos e uma esponja. O trabalho pesado, a grande limpeza, estancou suas lágrimas, aquietou seu coração e entorpeceu seus pensamentos. Não pensava em nada enquanto trabalhava freneticamente; sua mente estava vazia.

Depois de despejar na pia baldes e mais baldes de água avermelhada, o tapete estava encharcado mas limpo, e a luminária limpa, seca e polida. Jogou as roupas na cesta do banheiro e tomou um banho. Vestiu-se cuidadosamente e escovou os cabelos. Oito para as dez. Estava tudo limpo e ela abrira a janela, mas aquela coisa inerte ainda estava lá sobre uma pilha de jornais tintos de vermelho.

– Eu o amava – disse ela em voz alta e cerrou os punhos. – Eu o odiava.

Os homens foram pontuais. Chegaram às dez em ponto. Levaram as seis caixas e o baú prateado, de fechos dourados.

Depois que saíram e o furgão se afastou, Betsy sentou-se no sofá. Olhou para a luminária de canto, o porta-caneta e cinzeiro de ônix, o pote de gengibre, as tigelas de alabastro, os copos altos de vinho, o corta-papel de bronze, as pequenas xícaras chinesas, e o Lowry, que estava novamente na parede. Estava bastante calma agora, e não precisava mais do conhaque que havia colocado à sua frente.

Não pensava no passado em absoluto, e o presente só parecia existir como um nada palpável, um silêncio espesso ao seu redor. Pensou no futuro, três meses depois, e rompeu o silêncio com uma gargalhada contida, um tanto oca. Srta. Patrícia Gordon, 23 Burwood Park Avenue, Kew, Victoria, Australia 3101. O rosto atraente, ambicioso, inflexível, as mãos tão ávidas para desprender o cadeado, abrir à força aqueles fechos dourados e encontrar aquela preciosidade lá dentro...

E como aquela preciosidade estaria interessante dali a três meses, mais do que qualquer coisa que a srta. Patrícia Gordon já vira em toda a sua vida! Ainda bem que, para que ela o reconhecesse, havia um bilhete junto, escrito com uma letra bem conhecida: *É tudo para você, Patrícia querida, para todo o sempre.*

Um passatempo

Assustar pessoas já foi um passatempo meu. Talvez fosse mais correto dizer obsessão, e não pessoas, mas especificamente mulheres. Amedrontar os outros é mesmo divertido, como pode constatar qualquer um que o tenha feito com sucesso. Imagino que isso tenha alguma coisa a ver com a sensação de poder. A maioria das pessoas nunca chega a ter esta experiência, e por isso não sabem; mas as que a têm – juízes, policiais, carcereiros, fiscais da receita – se divertem à beça, não é? Essas pessoas nunca adotam outros métodos. Assustar pessoas lhes sobe à cabeça; ficam inebriadas, fazem disso um modo de vida. Era o que acontecera comigo. Enquanto outros homens frequentavam bares ou iam ao futebol com os amigos, eu ia até Epping Forest e assustava mulheres. Era o que se poderia chamar de meu passatempo predileto.

Não me entenda mal. Não havia nada de... digamos, cruel no que eu fazia. Você sabe o que eu quero dizer com isso, tenho certeza de que não preciso entrar em detalhes. Estou longe de ser algum tarado, falando sério. Aliás, peco até por excesso de retidão moral. E também não sou um desses homens solitários e carentes. Sou bem casado, com um filho pequeno; tenho um metro e oitenta, não sou feio e, asseguro-lhe, absolutamente normal, física e mentalmente.

É claro que já tentei me analisar e descobrir o que me motivava. Talvez meu passatempo não passasse de um antídoto contra o tédio. Qualquer um diria que a vida que eu levo é bem insípida: vendo passagens e oriento os passageiros no terminal da Anglo-Mercian Airways, moro numa casa geminada em Muswell Hill, tomo chá com minha sogra aos domingos e passo duas semanas por ano num apartamento de temporada em South Devon. Casei-me muito cedo. Assumir riscos não era exatamente uma característica marcante da minha vida. A coisa mais marcante que já me aconteceu foi quando pensamos que nosso avião tinha sido sequestrado na Grécia, mas foi só um alarme falso.

Minha esposa é do tipo nervoso. E ela tem mesmo motivos para ser, já que moramos nas proximidades de Highgate Wood e de Queens Wood. As mulheres arriscam a própria vida quando andam sozinhas nesses lugares. Carol costumava me brindar com vários casos... e ainda o faz, aliás.

– Às cinco e vinte da tarde! Em plena luz do dia! Ele estuprou a mulher, cortou o rosto dela, e ela teve que levar dezessete pontos no rosto e no pescoço.

Ela não dirige e, se vem para casa de noite, eu sempre vou esperá-la no ponto do ônibus. Nunca anda pela Muswell Hill Road, por causa dos bosques que existem nos dois lados da estrada.

– Se você vê um homem sozinho num lugar desses é claro que fica desconfiada do que ele está fazendo ali, não é? Um homem jovem, andando à toa para lá e para cá. Seria diferente se ele estivesse passeando com um cachorro. A gente fica com o corpo todo tenso, com uma sensação horrível de formigamento pelo corpo todo. Se você não viesse me buscar eu acho que nem sairia mais.

Será que foi isso que me deu a ideia? De qualquer forma, fez com que eu refletisse a respeito dos medos das mulheres. As coisas são bem diferentes para os homens. Eles nunca nem pensam em ter medo de ficar em lugares escuros ou ermos. Tenho certeza de que eu nunca tive medo e, assim, foi só quando Carol me contou essas coisas que comecei a pensar no problema que é para elas sentir medo quando estão sozinhas na rua. Quando finalmente compreendi, senti uma estranha excitação.

E então assustei uma mulher... por acaso. Habitualmente, quando vou para meu trabalho, atravesso Queens Wood até a estação do metrô de Highgate e pego a Northern Line até Londres. Quando o tempo está muito ruim, vou para a estação de ônibus, mas normalmente vou e volto da estação a pé, e o caminho do bosque é um bom atalho. Estava atravessando o bosque lá pelas seis numa tarde de março. Estava anoitecendo, ficando escuro. Os postes de iluminação, a uma boa distância uns dos outros, estavam acesos, mas sempre achei que eles dão ao lugar um ar muito mais ermo e sinistro do que se ficasse totalmente escuro. Depois de passar por um poste, a gente anda um bom pedaço quase no escuro até o próximo poste, que brilha fracamente uns cem metros à frente. E a gente mal chega àquela luz amarelada entre os galhos nus e já começa o próximo trecho escuro. Pensei na situação de uma mulher que passa e confesso que me orgulhei de minha masculinidade e de minha ausência de medo.

Aí eu vi a moça se aproximando. Ela estava vindo de Priory Gardens. Cismei que ela ficaria menos desconfiada se eu continuasse como estava, andando a passo cadenciado, enérgica e deliberadamente na direção de Wood Vale, tranquilo como quem vai para casa ao encontro da família para jantar. Não havia qualquer propósito definido em minha mente quando afrouxei o passo, depois parei e fiquei imóvel. Mas assim que fiz isso percebi que ia levar a coisa adiante. A garota chegou ao lugar onde as trilhas convergiam e onde estava o próximo poste de iluminação. Lançou-me um olhar rápido. Fiquei parado, muito à vontade, e encarei-a com um olhar fixo e inexpressivo. Imagino que conscientemente, por malícia, fiz meu olhar ficar fixo, vidrado, e deixei minha boca pender frouxa.

De qualquer forma, ela desviou rapidamente e começou a andar muito mais depressa.

Ela estava de salto alto, portanto não podia ir muito rápido, não tão rápido quanto eu, que estava apenas andando normalmente. Aproximei-me até ficar a um metro dela.

O medo que a moça sentia dava até para cheirar. Ela estava usando muito perfume, e o suor parecia estar potencializando o aroma, de modo que senti um bafejo e depois uma onda estonteante de uma fragrância mista, animal e floral. Inspirei, respirei fundo. Ela começou a correr e eu fui a passos largos atrás dela. O que ela fez então foi totalmente inesperado. Parou, virou-se e gritou com a voz trêmula, apavorada:

– O que você quer?

Também parei e olhei para ela do mesmo jeito. Ela me estendeu a bolsa. – Tome!

A brincadeira já havia ido longe demais. Afinal de contas, eu morava ali perto, tinha que pensar na minha mulher e no meu filho. Falei com sotaque de *cockney:* – Pode ficar com a bolsa, benzinho. Não é nada disso.

E então, para tranquilizá-la, voltei pelo mesmo caminho e deixei-a escapulir para Wood Vale, as luzes e as casas. Mas não dá para descrever a sensação de poder e... bem, de masculinidade exultante, de machismo, que aquele confronto me proporcionou. Senti-me o máximo. Entrei em casa com ares de superioridade. Carol me perguntou se eu havia ganhado na loteria.

Já que estou sendo estritamente fiel aos fatos neste relato, é melhor eu acrescentar a outra consequência do incidente no bosque, ainda que não seja do meu feitio mencionar esse tipo de coisa. Fiz amor com Carol naquela noite, e foi muito melhor do que de costume, na verdade foi sensacional para nós dois. E não havia como não ver que a causa fora minha aventura com aquela moça.

No dia seguinte olhei-me no espelho, com todas as luzes apagadas exceto a luz de leitura acima da cama, e encenei o mesmo olhar que dirigira à garota quando ela se virou em minha direção à luz do poste. Falando sério, quase assustei a mim mesmo. Já disse que não sou feio, e isso é verdade, mas sou pálido por natureza, e, como sou magro, meu rosto tende a ser um tanto macilento. À luz fraca, meus olhos pareciam encovados e minha boca pendia com uma expressão aérea, imbecil. Afastei-me do espelho para que pudesse ver-me por inteiro, de ombros caídos, olhar fixo, braços pendentes. Não havia dúvida que eu tinha o potencial para ser um aterrorizador de mulheres de primeira.

Dizem que o mais importante é o primeiro passo. Eu dera o primeiro passo, mas o segundo foi ainda maior, e semanas se passaram antes que eu o desse. Eu ficava dizendo a mim mesmo para deixar de ser idiota, para esquecer aquelas ideias malucas. Além do mais, eu sabia que logo estaria metido em apuros se me habituasse a assustar mulheres em Queens Wood, tão perto da minha casa. Mas não conseguia parar de pensar naquilo. Lembrava como eu me sentira ótimo naquele dia, como havia me portado bem, que formidável eu fora.

O engraçado é que muitas coisas humilhantes me aconteceram naquela época, entre o incidente em Queens Wood e o próximo. Uma mulher chegou a cuspir em mim no terminal do aeroporto. Não é exagero, não. Evidente que estava bêbeda, fora de si de tanto uísque escocês comprado na *free-shop* do aeroporto, mas ela cuspiu em mim e eu fiquei parado no meio do saguão de venda de passagens, cheio de turistas andando de um lado para o outro, e limpei o cuspe do meu uniforme. Depois fui repreendido por ter sido grosso com um passageiro. Isso foi totalmente injusto, e, a rigor, eu devia ter-me demitido imediatamente, só que tenho mulher e filho e não está fácil conseguir emprego atualmente. Houve tudo isso e também uns problemas em casa; Carol ficou me enchendo, querendo que eu a levasse para passar as férias com uma amiga e o marido dela em Minorca, em vez de irmos passar duas semanas em Salcombe como de costume. Eu disse abertamente que era caro demais para nós, mas não gostei que, em troca, ela me perguntasse por que eu não ganhava tanto quanto Mike, marido de Sheila.

Minha masculinidade estava em baixa. Aí Sheila e Mike nos convidaram, Carol, Timothy e eu, a passar o dia com eles. Eles haviam sido nossos vizinhos, mas tinham acabado de se mudar para uma casa nova num desses subúrbios distantes, que na verdade ficam em Essex. Então fomos os três para Theydon Bois e fiquei conhecendo Epping Forest.

Existem duzentos quilômetros quadrados de florestas no extremo nordeste de Londres. Mas, quando você vai de carro de Wake Arms para Theydon pegando uma estrada estreita ladeada por bosques, trechos de relva e vegetação rasteira, arvoredos de bétulas, você acredita estar no interior do país. Parece impossível que Londres esteja a apenas vinte e dois ou vinte e quatro quilômetros dali. Epping Forest é verde e silenciosa e, de carro, parece mata virgem, embora, é claro, isso não possa ser verdade. Passamos por uma mulher que passeava com um cachorro de aparência muito pouco protetora, um minúsculo *terrier* maltês... Isso me deu a ideia. Por que não ir para lá? Por que não assustar mulheres lá onde ninguém me conhecia?

Dois dias depois fui para lá. Era primavera e só escurecia lá pelas oito. Não fui de carro. Por algum motivo não me pareceu que o tipo de pessoa que eu ia ser, ia *fingir* ser, tivesse carro. A viagem até lá foi péssima, o suficiente para desanimar qualquer um menos decidido do que eu. Fui direto do trabalho; peguei o metrô até Loughton e depois um ônibus que subia a ladeira até a floresta. Desci em Wake Arms e comecei a descer a ladeira, não pela calçada, mas pela floresta. Só vi uma mulher sozinha depois de chegar nas casas de Theydon e começar a voltar. Já subira uns cem metros novamente quando ela saiu de uma das últimas casas, uma mocinha de *jeans* e jaqueta com as mãos nos bolsos.

Era óbvio que estava indo a pé até Wake Arms. Pelo menos é o que pensei. Acompanhei-a por algum tempo, andando à mesma velocidade que ela, mas sem ser visto, entre os pilriteiros, moitas de maçã silvestre e emaranhados de amoreiras silvestres. Esperei que ficássemos a uns quinhentos metros das casas antes de me expor e aí passei para a calçada na frente dela. Virei-me para ficar de frente para ela e fiquei parado, olhando-a do jeito que praticara em frente ao espelho.

Ela não ficou nervosa. Foi corajosa. Hesitou só um pouquinho. Mas não chegou a ter coragem de passar por mim. Em vez disso, atravessou a estrada. Aquela estrada nunca tem muito tráfego, e até então não passara nenhum carro. Ela atravessou, andando mais rápido. Também atravessei, mas atrás dela, e a fui seguindo. Logo depois ela começou a correr, então obviamente também corri, embora não tão rápido a ponto de alcançá-la, só o suficiente para ficar um pouco mais perto dela.

Estávamos assim já há alguns minutos, ainda faltavam uns cem metros para chegarmos a Wake Arms, quando de repente ela deu meia-volta, atravessou a estrada a toda e começou a voltar correndo por onde havia vindo. Depois dessa, não consegui continuar a perseguição. Fiquei parado e ri. Ri muito, bem alto. Eu me sentia extremamente feliz e livre, uma sensação de poder – eu, sozinho, modesto, comum, sem-graça, inspirar tanto medo!

Depois disso passei a ir regularmente a Epping Forest. Mais ou menos uma vez a cada quinze dias. Como trabalho em regime de turnos, ora de quatro à meia-noite, ora de dez às seis, às vezes dava para ir durante o dia. Muitas mulheres ficam sozinhas em casa durante o dia, e não tem quem lhes acompanhe quando saem. Nunca deixei passar mais que duas semanas sem ir lá, e às vezes ia com mais frequência ainda, quando estava desanimado, por exemplo, ou quando Carol e eu brigávamos, ou quando estava deprimido por causa de dinheiro. Aquilo me fazia muito bem, chega a ser difícil explicar. Pense numa coisa que realmente levanta seu ânimo: dirigir em alta velocidade, ir a uma discoteca, ficar doidão de alguma coisa – bem, assustar mulheres tinha esse efeito sobre mim, mais ainda que isso. E depois ficou mais forte ainda, era quase como estar apaixonado.

E não havia mal nisso, havia? Não prejudicava ninguém. Tem um ditado francês que diz: isso me dá muito prazer e causa a você muito pouco sofrimento. Era assim para mim e para elas, se bem que até desse um certo prazer a elas também. Imagine como elas devem ter-se divertido contando para as amigas depois, entrando em detalhes como Carol fazia, distorcendo os fatos, exagerando, tornando-se por alguns instantes o centro das atenções.

Que eu saiba elas podem até ter organizado grupos de busca, maridos, namorados e pais, todos em bando procurando por mim, todos se divertindo muito, como as pessoas invariavelmente se divertem quando estão caçando alguém. Afinal, o que fazia eu? Nada. Não molestava, nem insultava, nem tentava tocar nelas; só ficava parado, olhava para elas e corria atrás delas – ou corria quando elas corriam, o que não é necessariamente a mesma coisa.

Não havia mal nisso. Pelo menos era o que eu pensava. Não conseguia ver o mal que poderia haver, e, sério, eu pensava nisso à beça, pois tenho tanto sentimento de culpa quanto qualquer um. Ficava pensando nisso, me justificando, afastando o sentimento de culpa.

Uma moça não morre do coração só porque um homem a persegue. Uma moça não fica com trauma emocional só porque um homem ficou olhando para ela. A mulher mais velha que já assustei foi a que levava o *terrier* maltês, e ela não passava dos quarenta. Eu a vi de novo na minha terceira ou quarta visita e a segui um pouco, saí de trás dos arbustos e fiquei no caminho dela. Ela disse a mesma coisa que a garota em Queens Wood, no mesmo tom de voz: – O que você quer?

Não respondi. Tive pena dela e de seu cachorrinho boboca e desapareci nas sombras da floresta. À próxima que me perguntou isso eu respondi, com circunspecção professoral: – Apenas recolhendo líquens, minha senhora.

A prova de que eu era inofensivo é que nunca houve sinal de policiais naquela área. Tenho certeza de que nenhuma delas informou à polícia, pois não tinham nada a informar – só o que elas imaginavam, e o que a mídia as fazia temer. E, no entanto, a coisa acabou causando um mal irreparável, sofrimento e vergonha.

A essa altura, sem dúvida, você acha que já adivinhou. O inevitável deve ter acontecido, o confronto que qualquer um que tenha o hábito de intimidar mulheres está fadado a ter, mais cedo ou mais tarde, quando o feitiço vira contra o feiticeiro. É, aconteceu, mas não foi isso que me deteve. Ser agarrado pelo braço, arremessado para o alto e jogado no chão, surrado por uma faixa preta de judô, foi só um acidente de trabalho. Fico satisfeito, contudo, por ter-me portado como um cavalheiro. Não xinguei nem gritei palavrões. Apenas levantei-me, friccionei pernas e cotovelos, fiz uma leve mesura e me afastei em direção a Wake Arms. Carol quis saber como eu tinha conseguido ficar com as roupas cobertas de manchas verdes, e acho que até hoje ela acredita que foi por ter-me deitado na grama de algum parque com outra mulher. Como se eu fosse disso!

Aquela agressão me desencorajou. Mas não me dissuadiu. Deixei passar três semanas, três miseráveis semanas de ansiedade, e aí voltei à estrada de Wake Arms numa manhã ensolarada de julho e tive uma de minhas experiências mais satisfatórias. Uma mocinha vinha caminhando, não pela calçada, mas sim por um atalho na floresta. Fui andando ao lado dela, às vezes permitindo que ela me visse de relance. Eu sabia que ela me via, pois, como a garota em Queens Wood, eu sentia o cheiro do medo dela.

Por fim saí da mata e fiquei mais à sua frente, esperando. Ela não teve coragem de se aproximar, não sabia o que fazer. Finalmente deu meia-volta e eu a segui, ziguezagueando no meio das moitas, até fazê-la pensar que eu fora embora, e depois apareci de novo mais à frente. Desta vez ela correu para a esquerda e eu a deixei ir. Rindo como sempre eu fazia, alto e desbragadamente, deixei-a ir. Eu não lhe fizera qualquer mal. Pense só no alívio que ela deve ter sentido quando viu que se livrara de mim e estava salva. Imagine-a voltando para casa e contando tudo para a mãe, a irmã ou o marido.

Pode-se até dizer que fiz uma boa ação. Muito provavelmente eu a alertei a respeito dos perigos de andar na floresta sozinha e portanto a protegi de algum tarado ou estuprador de verdade.

Era uma maneira de encarar as coisas, não era? Eu podia ser visto como um benfeitor público. Eu mostrava a elas o que poderia acontecer, como um leve choque elétrico que ensina a criança a não brincar com fios elétricos. Pelo menos era o que eu acreditava. Até que descobri que mesmo um leve choque pode matar.

Eu estava na floresta, na estrada de Wake Arms, quando tive um golpe de sorte. Era outono, estava escurecendo às seis, o mais cedo que conseguira chegar lá, e não tinha muitas esperanças que alguma mulher fosse idiota o bastante para passar por aquela estrada sozinha no escuro. Eu havia descido do ônibus em Wake Arms e estava descendo lentamente a ladeira quando vi um carro estacionado lá na frente junto ao meio-fio. Mesmo daquela distância dava para ouvir o barulho infernal que o motor fazia quando o motorista tentava ligar o carro, aquele rangido de quando o motor não quer pegar.

A porta do motorista se abriu e uma mulher saltou. Estava só. Estendeu o braço para dentro do carro e apagou os faróis, bateu a porta, trancou-a e começou a descer a ladeira na direção de Theydon. Eu havia entrado no meio das árvores e ela ainda não me vira. Segui-a, pensando na técnica que devia usar desta vez. Decidi-me por sair correndo atrás dela para começar.

Saí para a calçada uns cem metros atrás dela e comecei a correr, fazendo o maior barulho possível com os pés. É claro que ela parou e virou-se, como eu sabia que ela o faria. Provavelmente pensou que eu era um bom samaritano, que iria dar um jeito no carro para ela. Olhou em volta, esperando por mim, e assim que meus olhos se encontraram com os dela mudei de direção e entrei na floresta novamente. Ela deu de ombros, deu meia-volta e continuou em frente. Ainda não estava assustada.

Estava ficando escuro, porém, e não havia lua. Alcancei-a e emparelhei com ela, em silêncio, a apenas uns três ou quatro metros dela, só que no meio das árvores da floresta. A essa altura não dava mais para ver o carro e ainda faltava muito para vermos as luzes de Theydon. A estrada estava escura, embora longe de estar completamente escura. Pisei num galho de propósito e fiz com que ele estalasse, ela se virou rapidamente e me viu.

A mulher sobressaltou-se. Desviou o olhar imediatamente e acelerou o passo. É claro que ela não tinha a menor chance de escapar, uma mulher de um metro e meio não tem a menor chance de escapar de um homem de um metro e oitenta. O mais rápido que ela podia andar ainda era apenas meu passo normal.

Não passara nenhum carro pela estrada desde que eu começara a segui-la. Agora vinha vindo um. Dava para ver a luz dos faróis aumentando e diminuindo à distância nas curvas da estrada. Ela foi para a beira da calçada e fez sinal pedindo carona. Fiquei parado onde estava para ver o que ia acontecer. O que eu havia feito, afinal? Nada. Mas o carro não parou para ela. É claro que não, assim como eu também não teria parado se fosse ele. Todo mundo sabe que tipo de homem para o carro para pegar mulheres bem-vestidas, bonitas, que pedem carona à noite, e todo mundo sabe o que ele está querendo.

O próximo carro também não parou. Eu estava um pouco à frente dela, ainda dentro da floresta, e vi seu rosto à luz dos faróis. Era mesmo bonita, não que estivesse particularmente interessado neste detalhe, mas vi que era bonita e do mesmo tipo físico que Carol, uma lourinha esguia com feições bem fortes e cabelo crespo.

A escuridão pareceu ainda mais densa depois que os faróis do carro se afastaram. Dava para perceber que agora ela estava um pouco tensa, provavelmente não me vira nos últimos cinco minutos, poderia ter pensado que eu fora embora. E fiquei tentado a encerrar o expediente, desistir após quinze minutos, como geralmente eu fazia depois de ter me divertido o suficiente.

Quisera ter feito isso. Levei a coisa adiante pelo motivo mais idiota. Continuei porque queria ir na mesma direção que ela estava indo, para Theydon, para pegar o metrô de lá em vez de voltar e ter que ficar esperando o ônibus. Podia ter esperado e deixado que ela se fosse. Não o fiz. Por causa de alguma necessidade perversa, mantive o passo com ela, depois saí da floresta e fui para a calçada atrás dela.

Segui-a, aproximando-me em silêncio. A estrada ali era em declive e fazia uma ligeira curva. Fiquei a uns três ou quatro metros atrás dela, pisando macio, e ela não sabia que eu estava ali, e então comecei a assobiar baixinho a melodia de um hino religioso, *O Senhor é meu Pastor*. Que escolha!

Virou-se. Achei que ela ia dizer alguma coisa, mas não creio que conseguisse. Sua voz estava sufocada pelo medo. Virou-se de novo e começou a correr. Ela corria bem depressa, aquela lourinha vulnerável.

Os faróis de um carro assomaram à frente na estrada. Faróis altos e fortes, luzes azuladas que vararam a floresta, destacando cada árvore e fazendo surgir dos troncos compridas sombras escuras. Pulei para o lado e me agachei no capim alto. Ela correu para a estrada levantando os braços e gritando: – Socorro! Socorro!

O carro parou. Fiquei tenso por um instante quando pensei que o motorista fosse sair e vir em meu encalço, mas ele não o fez. Abriu a porta do carona pelo lado de dentro. A moça entrou, ficaram parados lá talvez por meio minuto e depois o Ford branco se afastou.

Foi um alívio ver aquele carro branco desaparecer no alto da ladeira. E me dei conta de que ainda não estava fora de perigo. Nada mais provável do que ela ou o motorista telefonarem ou irem até a delegacia de Loughton. Eu sabia que era melhor ir para Theydon o mais rápido possível.

Foi o que fiz, sem ver nem ser ultrapassado por outro carro. Já estava passando pelo parque da cidade quando os únicos carros que vi apareceram. Tive que ficar esperando pelo trem quase meia hora, mas também não apareceu nenhum policial. Eu havia me dado bem novamente.

De certa forma. Existem coisas piores do que ser punido por seus crimes. Uma dessas é não ser punido. Estou pagando pelo que fiz por não poder – isto é, por eu mesmo não me permitir – fazer aquilo de novo. E nunca vou me esquecer do rosto daquela moça, tão bonita, vulnerável e assustada. Ela me aparece muito em sonhos.

A primeira vez que vi seu rosto depois disso foi numa foto de jornal, dois dias depois de a assustar na estrada de Wake Arms. Era uma notícia sobre a morte dela. Na manhã anterior, quando ela já estava morta há vinte e quatro horas, seu corpo foi encontrado, esfaqueado e mutilado, no campo entre Epping e Harlow. A polícia estava procurando um homem, que se supunha ser o motorista de um Ford branco.

O homem que a salvara fora seu assassino. E eu era o quê?

Uma coincidência

Dos vários obituários que foram publicados quando da morte de Michael Lestrange, em nenhum havia menção de seu envolvimento no caso Wrexlade. As pessoas têm memória curta, inclusive os jornalistas, e pode ser que os que escreveram com tanto respeito e pesar sobre ele fossem apenas bebês de colo, ou nem sequer tivessem nascido, naquela época, visto que os homicídios foram cometidos no início da década de cinquenta, antes da revogação da pena de morte.

Homicídio é a última coisa que alguém associaria ao nome do finado *sir* Michael, eminente cardiologista, médico particular de Sua Alteza Real, a Duquesa de Albany, e autor de uma obra clássica, a última palavra no assunto, de título tão sucinto, *O coração*. *Sir* Michael não destruía vidas, ele as salvava. Tinha tão pouco a ver com Kenneth Edward Brannel, o Estrangulador de Wrexlade, quanto com a aranha caranguejeira que rastejava pela janela de seu consultório. Quem o conhecia bem diria que tinha um horror quase neurótico da ideia de destruir uma vida. Recusara-se a discutir a eutanásia e se opusera com toda a sua energia à legalização do aborto.

Até março último, quando constou entre as duzentas vítimas de um desastre de avião no Atlântico Norte, ele era o tipo de pessoa sempre considerada a favor da vida, que por várias vezes desafiara a morte para salvar alguém. No entanto, parecia não ter tido vida particular, família, círculo social que pudesse frequentar, nem um lar particularmente harmonioso. Vivia para seu trabalho. Não era casado e poucos sabiam que já o fora, e um número ainda menor sabia que sua esposa fora a última vítima do caso Wrexlade.

Houve mais quatro vítimas, e todas as cinco morreram estranguladas pelas mãos enormes e ossudas de Kenneth Edward Brannel. Michael Lestrange, aliás, tinha mãos excepcionalmente pequenas, bem feitas, hábeis e precisas. As de Brannel foram comparadas a cachos de bananas. Em seu estudo do caso Wrexlade, a criminologista Georgina Hallam Saul relata o que Brannel disse a respeito da execução dos crimes a um carcereiro. Ele nunca havia entendido por que matara aquelas mulheres, já que não tinha aversão nem medo delas.

– É que nem quando eu era garoto, e estava numa loja sem ninguém por perto – teria dito ele. – Eu tinha que roubar alguma coisa, era uma necessidade minha. E não era que eu fizesse a coisa por minha vontade. O negócio estava na prateleira, e quando eu via já estava no meu bolso. Era a mesma coisa com aquelas moças. Eu tinha que botar as mãos no pescoço delas. Ficava tudo escuro, e quando clareava minhas mãos estavam no pescoço delas e elas estavam estranguladas...

Ele tinha vinte e oito anos, era trabalhador rural, analfabeto, de capacidade de aprendizado abaixo do normal. Morava com o pai viúvo, também trabalhador rural, numa cabana nos arredores de Wrexlade, em Essex. Durante o ano de 1953 ele estrangulou Wendy Cutforth, Maureen Hunter, Ann Daly e Mary Trenthyde, sem que a polícia tivesse a menor suspeita de sua culpa. Cerca de um mês se passou entre cada um desses homicídios e o seguinte, embora não houvesse suspeita de que Brannel cometesse os crimes na lua cheia nem nada semelhante. Quatro semanas após a morte de Mary Trenthyde, ele foi preso e acusado de assassinato, porque o corpo de Norah Lestrange fora encontrado estrangulado numa vala a menos de cem metros de sua casa. Foi declarado culpado de assassinato em novembro do mesmo ano, e vinte e cinco dias depois foi executado.

– Um exemplo terrível de injustiça – dizia Michael Lestrange.

– Se as regras de M'Naughten se aplicam a todo mundo, certamente se aplicavam ao pobre coitado de Brannel. No caso dele, ele não apenas não sabia que o que estava fazendo era errado, mas não tinha a menor ideia de que estava fazendo alguma coisa até depois que acabava de fazê-la. Enforcamos um pobre imbecil que tinha tanta noção do mal quanto um boi que passa por cima de uma criança no meio do estouro da boiada.

Muita gente ficou espantada com a magnanimidade que Michael demonstrou ao falar desse jeito, quando sua própria esposa fora assassinada. Ela tinha apenas vinte e cinco anos, e eles estavam casados há menos de três anos.

Talvez seja melhor recorrer à srta. Hallam Saul para um relato mais exato e completo dos estrangulamentos de Wrexlade. Ela assistiu a todas as sessões do julgamento, o que Michael Lestrange não fez. Quando o promotor público, em seu discurso de abertura, expôs os motivos de Norah Lestrange para estar nas vizinhanças de Wrexlade naquela noite e falou no holandês e no hotel em Chelmsford, Michael levantou-se em silêncio e deixou o tribunal. Os olhos da srta. Hallam Saul, e os de muitos outros, seguiram-no com compaixão. Contudo, ela não teve pena dos sentimentos dele em seu livro. Por que o faria? Como todos que escreveram a respeito de Brannel e de Wrexlade, ela ficou estarrecida com o caráter de Norah Lestrange. Lembremos que isso aconteceu nos anos cinquenta, e a opinião pública não estava acostumada com jovens esposas que admitiam descaradamente para seu maridos que um homem só não bastava para elas. Michael havia sido forçado a expor os fatos para a polícia, e o fato era que ele sabia, há meses, que sua esposa dormia nesse hotel em Chelmsford com Jan Vandepeer, homem de negócios que vinha de Hoek van Holland a Harwich e a Londres. Ela havia lhe contado isso abertamente.

– Querido... – disse Norah, pegando-o pelo braço e levando-o para sentar-se junto dela enquanto acariciava sua mão. – Querido, eu decididamente preciso de Jan, estou louca por ele. Eu realmente preciso de outros homens, é assim que eu sou. Mas não tem nada a ver com o que eu sinto por você, você entende, não entende?

Ele não citou essas palavras *ipsis verbis,* é claro. O significado geral bastava.

– Não vai ser assim com tanta frequência, meu bem, no máximo uma vez por mês. Não dá para o Jan arranjar mais que uma viagem por mês. Chelmsford é muito conveniente para nós e você nem vai notar que eu saí, você fica tão ocupado naquele hospital.

Mas isso só foi revelado bem mais tarde, no julgamento e no livro de Hallam Saul. Os primeiros dias (e os primeiros capítulos) foram tomados pelo assassinato daquelas outras quatro mulheres.

Wendy Cutforth era jovem, casada, professora de uma escola em Ladeley, a seis quilômetros de Wrexlade, onde morava, e ia para o trabalho de ônibus. Em fevereiro, às quatro da tarde, saltou do ônibus em Wrexlade Cross para ir a pé para casa, a quinhentos metros dali. Nunca mais foi vista com vida, a não ser, presumivelmente, por Brannel, e seu corpo foi encontrado às dez daquela noite numa vala perto do ponto de ônibus.

O medo de ficar na rua sozinhas, que se apossara das mulheres de Wrexlade após a morte de Wendy, foi esquecido em três ou quatro semanas. Maureen Hunter, de apenas dezesseis anos brigou com o namorado depois de um baile em Wrexlade e foi a pé sozinha para casa, em Ingleford. Nunca chegou lá. Seu corpo foi encontrado nas primeiras horas da madrugada a uns poucos metros de onde o corpo de Wendy fora encontrado. A sra. Ann Daly, viúva de meia-idade, também de Ingleford, tinha um salão de cabeleireiro em Chelmsford, e ia sozinha de carro para lá todos os dias passando por Wrexlade. Seu carro foi encontrado abandonado com as quatro portas escancaradas, e seu corpo num pequeno bosque entre as duas cidades. Fora feita uma tentativa malsucedida de esconder o corpo entre as folhas caídas.

Todos os homens entre dezesseis e setenta anos de toda aquela região foram interrogados pela polícia. Brannel, assim como seu pai, foi interrogado e liberado após dez minutos por não haver despertado qualquer interesse. Em maio, vinte e sete dias após a morte de Ann Daly, Mary Trenthyde, trinta anos, mãe de duas meninas pequenas, filha do patrão de Brannel, Mark Stokes de Cross Farm, desapareceu de casa pela manhã. Uma de suas filhas estava com a avó, a outra no carrinho perto do portão do quintal. Mary desapareceu sem deixar vestígios, sem avisar a ninguém que ia sair nem para onde estava indo. Uma busca intensa foi organizada, e seu corpo foi finalmente encontrado à meia-noite num poço abandonado a oitocentos metros de sua casa.

Todos esses crimes aconteceram na primavera de 1953.

Os Lestrange tinham um apartamento em Londres, perto do Royal Free Hospital. Não tinham muito dinheiro, mas o pai de Norah era rico e tinha o hábito de dar-lhe presentes caros. Um desses, em seu aniversário de vinte e cinco anos, foi um carro esporte Triumph Alpine. Michael também tinha carro, um velho calhambeque.

O frontispício do livro da srta. Hallam Saul é o retrato de Norah Lestrange tirado poucos meses antes de sua morte. O rosto é oval, os traços quase simétricos demais, a pele perfeita e opaca. Os cabelos pretos abundantes estão penteados como estava na moda na época, em pequenos cachos. A maquilagem é pesada e o batom oleoso dá aos lábios entreabertos uma certa voluptuosidade. O olhar é sério e complacente.

Michael tinha um ciúme exagerado e doentio da esposa. Quando, depois de estarem casados há seis meses, ela começou a flertar seu melhor amigo, um flerte que logo se transformou num caso, ele ameaçou deixá-la, divorciar-se dela, trancá-la em casa, matar Tony. Ela estava plenamente confiante de que ele não faria nada disso. Foi conversar com ele. Com sensatez, docilidade e ternura explicou que era a ele que ela amava, que Tony era apenas alguém com quem ela se divertia.

– Eu *amo* você, meu bem, não entende? Essa história com o Tony é só... diversão. A gente se diverte e depois se despede até a próxima vez e eu volto para você, para casa, onde está a minha verdadeira felicidade.

– Você jurou ser fiel a mim – disse ele –, renunciar a todos os outros e ficar só comigo.

– Mas eu estou só com você, amor. Eu só confio em você, só penso em você. O Tony para mim é uma coisa muito pouco importante.

Depois de Tony, foi o Philip. Depois de Philip, por algum tempo, não houve ninguém. Michael achou que Norah talvez tivesse se cansado de suas “diversões” e estivesse querendo a verdadeira felicidade. Ele estava trabalhando muito na época para conseguir entrar para o Real Colégio de Cirurgiões.

Conseguiu, é claro, em 1952. Era estagiário em cirurgia num grande hospital de Londres, famoso por seus êxitos no campo da cirurgia cardíaca, quando aconteceu o primeiro crime em Wrexlade. Wendy Cutforth. Mais ou menos na época em que os jornais noticiaram o assassinato e a caçada ao estrangulador de Wrexlade, Norah conheceu Jan Vandepeer.

Michael não lia os jornais populares e os Lestrange não tinham televisão. A televisão não era, naquela época, o acessório indispensável à vida doméstica que se tornou depois. Michael às vezes ouvia rádio e lia o *Times*. Soube do primeiro crime em Wrexlade, mas não se interessou muito pelo caso. Estava entretido em seu trabalho, e além disso tinha Jan Vandepeer com quem se preocupar.

A natureza dos negócios do holandês em Londres nunca ficou clara para Michael, talvez por nunca ter ficado clara para Norah. Parece que tinha alguma coisa a ver com as bolsas de mercadorias, e Michael estava convencido que os negócios dele eram de natureza duvidosa, não muito honestos. Norah costumava dizer que ele era contrabandista e achava a possibilidade de que ele fosse contrabandista de pedras preciosas algo muito excitante. Ela o conheceu na barca de Hoek van Holland para Harwich, depois de ter passado uma semana com os pais em Haia, onde seu pai ocupava um posto diplomático.

– Meu bem, eu decididamente preciso do Jan, estou louca por ele. Mas não tem nada a ver conosco, você entende isso, não entende? Ninguém vai jamais conseguir me tirar de você.

Ele ia a Londres de carro mais ou menos uma vez por mês, via Colchester e Chelmsford, dormia por ali, cumpria seus compromissos no dia seguinte e voltava na barca da noite. Não se sabe se preferia Chelmsford a Londres para passar a noite porque era mais barato, ou porque Chelmsford naquela época ainda não perdera seu agradável aspecto rural. Isto não é relevante. Norah Lestrange estava mais que disposta a percorrer os sessenta e tantos quilômetros até Chelmsford em seu carro esporte e aguardar a chegada de seu belo contrabandista louro no hotel Murray Gryphon.

Chelmsford, sede do condado de Essex, fica às margens do rio Chelmer, em meio a uma zona rural agradável, embora sem características marcantes. O terreno é plano, os campos são extensos e há muitas árvores e inúmeros bosques pequenos. Wrexlade fica a uns seis quilômetros ao norte de Chelmsford, e Ingleford um pouco para o oeste. Os leitores dos jornais levaram algum tempo para associar Wrexlade a Chelmsford. Para eles Wrexlade era apenas um lugar em que ninguém jamais ouvira falar antes das mortes de Wendy Cutforth e Maureen Hunter, um nome num mapa ou numa placa, até que os estrangulamentos começaram – e, então, gradualmente, o nome foi ganhando uma aura de horror e fascínio.

Bismarck Road, Hilldrop Crescent, Rillington Place – quem, além dos interessados em crimes, sabe dizer hoje que assassinos moraram nesses endereços? No entanto, na época, seus nomes estavam na boca de todos. O senso de humor do inglês é tal que havia até piadas a respeito deles. Havia piadas, diz a srta. Hallam Saul, a respeito de Wrexlade, piadas mórbidas; por haver contado uma delas, um famoso comediante foi banido pela BBC. Algo assim como – que ótima ideia seria levar a sogra para Wrexlade...

Chelmsford, por ficar tão perto de Wrexlade, ficou famosa quando a sra. Daly morreu. Ela fora vista pela última vez trancando sua loja no centro da cidade e entrando em seu carro. Foi depois disto que Norah disse a Michael: – Quando eu estiver em Chelmsford, benzinho, prometo que não vou sair sozinha depois que escurecer.

Presume-se que ele ficaria mais tranquilo sabendo que se ela saísse à noite, só o faria em companhia de Jan Vandepeer.

Então ele aceitava passivamente essa infidelidade? Na medida em que não a largava, estava sempre em casa quando ela voltava, continuava a ser visto com ela socialmente, ele agia como se aceitasse – na medida em que continuava a amá-la apesar de tudo. Mas sua angústia era tremenda. O ciúme o consumia. O tempo todo, quando não estava no hospital, quando não estava cochilando um pouco, ele ficava se torturando, tentando resolver o que devia fazer. Era impossível continuar daquele jeito. Se continuasse com ela, tinha medo de fazer-lhe algum mal, mas a ideia de ficar permanentemente afastado dela era horrível. Quando pensava nisso parecia que o chão lentamente fugia de sob seus pés, sentia-se como Otelo: "Se não te amo, o caos retorna".

Na sexta feira, 19 de junho, Norah foi pra Chelmsford, para o Murrey Gryphon Hotel, passar a noite com Jan Vandepeer.

Michael, que vinha trabalhando no hospital há duas semanas sem interrupção, tirou dois dias de folga, a sexta e o sábado. Estava cansado, quase ao ponto de adoecer, mas aqueles dois dias que teria de folga o aguardavam, convidativos, no fim de semana. Perdeu a noção das coisas. Disse a si mesmo que se pudesse passar aqueles dois dias sozinho com Norah, levá-la a algum lugar no interior, ficar dois dias à toa com ela, andar de mãos dadas com ela pelas alamedas arborizadas (que ele pensasse com tamanha pieguice é prova de sua exaustão), se pudesse fazer isso, tudo se resolveria milagrosamente. Ele se explicaria, ela se explicaria, ouviriam um ao outro, e, como diz o chavão, começariam de novo. Michael estava convencido de tudo isso. Estava meio louco de tanto cansaço.

Depois da morte de Norah, depois que lhe comunicaram sua morte pela manhã, ele se ausentou do trabalho – segundo a srta. Hallm Saul, por três semanas, e ela está provavelmente correta. Sem essas três semanas de descanço, Michael Lestrange muito provavelmente teria tido um esgotamento nervoso ou – o que era ainda pior, na opinião dele provocado a morte de um paciente na mesa de operações. Assim, quando se diz que a morte de Norah, embora tão terrível para ele, salvou sua sanidade e sua carreira, isso não está muito longe da verdade. E, quando finalmente retornou ao trabalho, entregou-se a ele com dedicação total. Não tinha mais nada, absolutamente nada, a não ser seu trabalho para o resto da vida, que terminou no Atlântico Norte, em março.

Brannel também não tinha nada. É muito difícil, para a classe média instruída, a qual estamos realmente nos referindo quando falamos no "homem comum", compreender o mundo em que vivem pessoas como Kenneth Edward Brannel e seu pai. Não tinham *hobbies,* interesses, qualificações, conhecimentos e praticamente nenhum amigo. O velho sr. Brannel sabia ler. Seguindo as linhas com o dedo, a muito custo conseguia decifrar as palavras do jornal. Kenneth não sabia ler nada. Hoje em dia teriam uma televisão, mas não naquela época. Os citadinos românticos imaginam que gente como os Brannel cuide de seu quintal, plante legumes e verduras, se ocupe com algum trabalho de carpintaria ou de sapateiro no fim do dia, prepare seus guisados e faça pão. Os Brannel, que trabalhavam o dia inteiro nas terras de outro homem, nem sonhariam em continuar a trabalhar a terra no fim do dia. Nenhum deles jamais sequer fizera uma prateleira ou pregara uma sola numa bota. Viviam à base de comida enlatada e peixe com fritas, e quando escurecia eles iam é para a cama. De qualquer forma, não havia eletricidade na cabana onde moravam, nem água corrente nem instalações sanitárias. Nunca ocorreria ao sr. Stokes de Cross Farm fornecer-lhes esses confortos, nem aos Brannel exigi-los.

No andar de baixo da casa havia uma sala com lareira e uma cozinha com um fogão. No andar de cima, a escada dava direto no quarto do sr. Brannel, e desse quarto saía o quarto de Kenneth Edward Brannel, seu único refúgio. Lá, numa gaveta da velha cômoda de puxadores de madeira, que não era lustrada desde a morte de Ellen Brannel, ele guardava seus *souvenirs:* o bracelete de Wendy Cutforth, uma mecha do cabelo ruivo de Maureen Hunter, o lenço de pescoço de seda verde de Ann Daly, o lencinho de Mary Trenthyde com uma mancha de batom e um M bordado. Sempre se presumiu que o espelhinho de bolsa pertencera a Norah Lestrange, que fosse uma lembrança dela, mas isso nunca ficou provado. O que é certo é que não havia qualquer espelho em sua bolsa quando seu corpo foi encontrado.

No livro da srta. Hallam Saul, *O Monstro de Wrexlade* havia algumas fotos de Brannel: um instantâneo tirado por sua tia quando ele tinha dez anos, uma foto com os colegas de turma do ginásio de Ingleford (que, por causa de suas limitações, na verdade ele jamais deveria ter frequentado), um retrato que sua mãe mandara um fotógrafo de Chelmsford tirar um ano antes de morrer. Ele era muito alto, desengonçado, ossudo; tinha uma testa atormentada e cabelos abundantes, claros e encaracolados. Os olhos pareciam dizer: "O problema é que sou confuso, desnorteado, não entendo o mundo, nem vocês nem eu mesmo, e estou sempre no meio de uma névoa escura. Mas quando, por um instante, a névoa clareia, vejam só o que eu faço..."

As mãos, pendendo flácidas ao longo do corpo, estão ligeiramente viradas, as palmas ficam meio à mostra, como se de desamparo e desespero.

A srta. Hallam Saul não incluiu uma foto de *sir* Michael Lestrange, médico, membro do Real Colégio de Cirurgiões, eminente cardiologista, autor de *O coração*, médico particular de Sua Alteza Real, a Duquesa de Albany, professor de cardiologia no Hospital São Joaquim. Ele era um jovem magro e moreno na época dos crimes, de aparência frágil e sempre meio malvestido. Ninguém o olharia duas vezes. Naquela época, ele era muito diferente do *sir* Michael que foi pranteado pela elite médica de dois continentes, e cujo rosto, austero mas sereno, com seus cabelos brancos e macios, tranquilos olhos claros e traços aquilinos, apareceu na primeira página dos jornais do mundo todo. Ele mudara mais do que a maioria das pessoas muda em vinte e sete anos. Fora uma metamorfose total, não um mero envelhecimento.

Na época do assassinato de sua esposa, ele tinha vinte e seis anos. Era ambicioso, mas não excessivamente. A ambição, a vocação, melhor dizendo, revelou-se mais tarde, depois da morte dela. Estava esgotado de tanto trabalho em 19 de junho de 1953, e estava sonhando em fugir para o interior com sua esposa e descansar.

– Mas, benzinho, eu tenho certeza que contei. Vou me encontrar com Jan no Murrey Gryphon. Eu contei para você, sim, nunca guardo segredo de você, você sabe disso. Você é que não me disse que ia ter dois dias de folga. Como é que eu ia saber? Você parece que nunca tira folga ultimamente, e eu gosto de me divertir um pouco de vez em quando.

– Não vá – disse ele.

– Mas benzinho, eu quero ver o Jan.

– Não dá mais para aguentar essa vida que a gente está levando – disse ele. – Se você não quer parar de ver esse sujeito, eu vou fazer você parar.

Ele escondeu o rosto entre as mãos, ela se aproximou e pôs a mão no ombro dele. Ele endireitou o corpo de repente e deu uma bofetada no rosto da mulher. Quando foi encontrar-se com Jan Vandepeer em Chelmsford, havia uma equimose em seu rosto que ela tentara disfarçar da melhor maneira possível com maquilagem.

Ao chegar lá, havia um recado no hotel, vindo da Holanda, um recado de seu "marido", que dizia que ficaria detido em Hoek van Holland. Naquela época, os hotéis costumavam exigir que os casais que ficavam num mesmo quarto ao menos fingissem ser marido e mulher. Foi insinuado no julgamento de Brannel que Jan Vandepeer não apareceu naquela ocasião porque estava ficando cansado de Norah, mas não havia provas que corroborassem esse ponto de vista. Ele realmente ficara detido e não pudera ir.

Por que ela não voltou para Londres? Talvez estivesse com medo de enfrentar Michael. Talvez tivesse esperança de que Vandepeer ainda aparecesse, já que o recado fora recebido pelo telefone às quatro e meia da tarde. Jantou sozinha e foi dar umas voltas a pé. Para arranjar homem, insistiu o advogado de acusação, embora a acusada não fosse ela, nem o Old Bailey seja um tribunal de costumes. Ninguém a viu sair, e ninguém parece saber ao certo onde ela foi. Sabe-se, é claro, que terminou em Wrexlade.

Brannel também foi dar umas voltas. As tardes longas e claras o deixavam irrequieto porque não podia deitar-se e não tinha nada para fazer, a não ser ficar em casa com o pai, vendo o velho decifrar as palavras do jornal. Primeiro foi para o quarto para olhar e mexer nos objetos que lá guardava em segredo, o lenço, a mecha de cabelo, o bracelete, o lencinho com a letra M de Mary, e depois foi dar sua volta. Foi andando pelas trilhas estreitas, às vezes parando, encostando-se num portão, ou chutando uma pedra a esmo, driblando-a lentamente de um lado para o outro da estrada comprida, reta e erma.

Teria Norah Lestrange ido a pé de Wrexlade, ou alguém lhe dera uma carona e, por algum motivo, a abandonara por lá? Ela poderia ter ido a pé, são só uns três quilômetros do Murrey Gryphon até o lugar onde seu corpo foi encontrado às onze e meia. A srta. Hallam Saul sugere que ela estava se relacionando com um segundo homem na região de Chelmsford e que, na falta de Vandepeer, saíra para encontrá-lo naquela noite. Por mais improvável que isso pareça, insinuações semelhantes foram feitas no tribunal. Era como se todos estivessem dizendo: uma mulher como esta, tão imoral, promíscua, tão desprovida de qualquer noção de decência, uma mulher dessas é capaz de fazer qualquer coisa.

Seu corpo foi encontrado por dois moradores de Wrexlade, que estavam indo para casa depois de uma noitada no White Swan, na estrada Ladeley-Wrexlade. Ligaram para a polícia do telefone de emergência no outro lado da pista, e o primeiro lugar onde a polícia bateu, por ser a residência mais próxima, foi na casa dos Brannel. O corpo de Norah Lestrange estava meio escondido no mato alto junto à ponte sobre o rio Lade, e a casa dos Brannel, Lade Cottage, ficava a cem metros dali, do outro lado da ponte. Foram lá apenas para perguntar aos moradores se haviam notado ou ouvido alguma coisa estranha naquela noite.

O sr. Brannel desceu de camisão de dormir, com um casaco jogado por cima. Disse que não estava dormindo quando eles bateram, havia sido acordado uns minutos antes por seu filho entrando em casa. O detetive-superintendente olhou para Kenneth Edward Brannel, para suas enormes mãos pendentes; Kenneth estava encostado na parede, com um olhar desnorteado, a boca entreaberta. Não, ele não sabia dizer onde estivera, por aí, para cima e para baixo, não sabia dizer mais do que isso.

Deram uma busca na casa, embora não tivessem mandado. A defesa fez um grande alarde deste fato no julgamento. No quarto de Kenneth Brannel, na gaveta da cômoda, encontraram o bracelete de Wendy Cutforth, a mecha de cabelo ruivo de Maureen Hunter, o lenço de seda verde de Ann Daly e o lencinho com o M de Mary Trenthyde. O monstro de Wrexlade fora finalmente apanhado. Alertaram Brannel a respeito de seus direitos e o acusaram formalmente; Brannel olhou para eles perplexo e disse: – Acho que não matei a moça, não. Não me lembro. Mas pode ser, eu esqueço as coisas e é como se tivesse um nevoeiro...

Michael Lestrange foi notificado da morte de sua esposa nas primeiras horas da manhã. A intenção da polícia era dar-lhe a notícia e pedir que mais tarde fosse com eles até Chelmsford para identificar formalmente o corpo de sua esposa. Não fizeram qualquer pergunta e teriam expressado suas condolências e o deixado em paz se ele não houvesse declarado que fora ele quem matara Norah e que queria fazer uma confissão integral.

Não tiveram outra alternativa senão levá-lo imediatamente para Chelmsford e tomar seu depoimento. Ninguém acreditou numa palavra. O detetive encarregado do caso foi muito gentil com ele, muito amável, mas firme.

– Mas se estou dizendo que a matei, o senhor tem que acreditar em mim. Eu posso provar.

– Pode mesmo, dr. Lestrange?

– Minha mulher estava constantemente me traindo...

– Sim, o senhor já contou. E o senhor foi tolerante com ela por causa de seu grande afeto por ela. Parece-me que a verdade, doutor, é que o senhor era um marido exemplar e sua esposa... bem, deixava a desejar.

Michael Lestrange insistiu que fora de carro até Chelmsford à procura de Norah, com intenção de rogar a Jan Vandepper que a deixasse em paz. Não entrara no hotel. Por acaso, a encontrara, andando sem rumo numa rua de Chelmsford, quando estava a caminho do Murrey Gryphon.

– A sra. Lestrange ainda estava jantando na hora que o senhor mencionou – disse o superintendente-chefe Masters.

– Que diferença faz isso? Foi ou mais cedo ou mais tarde, não sei exatamente a hora. Ela entrou no carro. Saí dali, não sei para onde fui, não queria fazer uma cena no hotel. Ela disse que tinha que voltar, que estava esperando Vandepeer a qualquer momento.

– Vandepeer havia mandado recado dizendo que não poderia ir. Ela não lhe contou isso?

– Isso é importante? – Estava impaciente para acabar com a confissão. – O que ela me disse não faz diferença. Não me lembro do que ela disse.

– O senhor se lembra de onde foi?

– É claro que não. Não conheço aquela região. Fui seguindo sem rumo e parei em algum lugar, não sei onde, saímos do carro, fomos andando, ela me deixou louco de raiva, as coisas que ela me disse, eu agarrei o pescoço dela e... – Afundou a cabeça nas mãos. – Não consigo me lembrar do que aconteceu depois. Não sei onde foi nem quando. Estava tão cansado, enlouquecido, eu acho. – Levantou os olhos. – Mas eu matei ela. Se o senhor quiser me acusar agora, estou pronto.

O superintendente-chefe disse com muita calma, impassível:

– Isso não vai ser necessário, dr. Lestrange.

Michael Lestrange fechou os olhos por um instante, cerrou os punhos e disse: – O senhor não está acreditando em mim.

– Acredito que o senhor acredita no que disse, doutor.

– Por que eu iria confessar se não fosse verdade?

– Tem gente que faz isso, doutor, não é tão raro assim. Especialmente gente como o senhor, que tem trabalhado demais, se atormentado, e não tem dormido o bastante. O senhor é médico, o senhor sabe o que um psiquiatra diria, que o senhor tinha um motivo para fazer mal à sua esposa, de modo que, agora que ela está morta, sua mente o convenceu de que o senhor a matou, e está se sentindo culpado por uma coisa com a qual o senhor não teve nada a ver.

– Entenda, doutor, veja a coisa do nosso ponto de vista. Parece plausível que o senhor, um homem instruído, um cirurgião, fosse matar quem quer que seja? Não, não é? E, se o senhor fosse matar, seria em Wrexlade? A cem metros da casa do homem que matou outras quatro mulheres? Mataria sua mulher estrangulando-a com suas próximas mãos, exatamente do mesmo jeito que esse homem matou as outras quatro? E quatro semanas depois do último estrangulamento, que por sua vez ocorreu quatro semanas depois do anterior? Esse tipo de coincidência não acontece, não é, dr. Lestrange? Mas as pessoas ficam cansadas, com *stress,* e confessam crimes que não cometeram.

– Aceito suas ponderações abalizadas – disse Michael Lestrange.

Foi até a funerária, identificou o corpo de Norah, depois fez uma declaração no sentido de que Norah fora a Chelmsford encontrar-se com o amante. Ele a vira pela última vez às quatro da tarde do dia anterior.

Brannel foi declarado culpado do assassinato de Norah, já que só foi acusado explicitamente deste crime, depois de o júri se reunir por apenas meia hora. E a despeito do testemunho médico quanto a seu estado mental, foi condenado à morte e executado uma semana antes do Natal.

Durante o pouco tempo depois desta execução em que a pena de morte ainda esteve em vigor, Michael Lestrange se opôs veementemente a ela. Dizia que Brannel era um exemplo claro de alguém que fora injustamente enforcado e que não se devia permitir que isso jamais acontecesse novamente na Inglaterra. É claro que nunca houve qualquer dúvida quanto a Brannel ter estrangulado Wendy Outforth, Maureen Hunter, Ann Daly e Mary Trenthyde. As provas estavam lá, e ele confessou reiteradamente ter cometido esses crimes. Mas não era isso que Michael Lestrange queria dizer. As pessoas achavam que ele queria dizer que um homem não deve ser punido por cometer um crime cuja seriedade ele é idiota demais para compreender. Essa é a lei, e não pode haver exceções a ela só porque a sociedade quer se vingar. As pessoas achavam que ele estava se referindo a isso quando ele dizia que haviam cometido uma injustiça com aquele assassino.

E talvez estivesse, mesmo.

O ESTRAMÔNIO

A planta, que estava subindo pelo muro entre os arbustos de groselha, alcançara meio metro de altura e tinha folhas ovais de bordos irregularmente dentados, de um forte verde escuro. Estava dando, ao mesmo tempo, uma flor e um fruto. A flor, em forma de trombeta, tinha uma textura delicada e era do mais puro branco, enquanto que o fruto verde, que parecia uma castanha, ainda que mais escuro, era cheio de espinhos, o que lhe dava um aspecto ameaçador proibitivo.

De acordo com o livro *Flora nativa britânica,* que James tinha nas mãos, o estramônio, ou figueira-do-inferno, ou *Datura stramonium,* tinha também um odor desagradável, mas essa não era sua opinião. O que o livro não dizia era que a *Datura* era altamente venenosa. James já sabia disso, pois, embora essa fosse a primeira vez que ela aparecia no quintal dos Fyfield, já a havia visto em outras partes da cidade no verão anterior. E toda vez que ele olhava para ela vinha algum adulto correndo avisá-lo de seus perigos, como se, em sua idade, ele fosse comer um objeto cheio de pontas que mais parecia um ouriço-do-mar do que uma fruta. Os adultos haviam não apenas alertado a ele e as outras crianças, como também caído em cima da pobre *Datura,* arrancando-a da terra com exclamações de júbilo como se houvessem realizado algum feito muito perigoso.

James havia descoberto três espécimes no quintal. O estramônio costuma brotar em lugares inesperados, e o livro referia-se a esta característica como "ocorrência fortuita em solo cultivado". Seu pai não agiria como os habitantes daquela cidadezinha, mas certamente a arrancaria assim que a visse. James achava compreensível. Mas isso significava que se ele queria mesmo preparar uma infusão de *Datura,* era melhor andar logo com aquilo. Voltou para casa pensativo, sem olhar para sua irmã Rosamund, que estava sentada à mesa da cozinha lendo um roteiro de Londres para turistas estrangeiros, e tornou a pôr o livro em seu quarto.

O quarto de James era cheio de coisas interessantes. Uma verdadeira caixa de Pandora, como dizia sua mãe. Ele gostava de colecionar coisas e fazer experiências, tinha uma mente inquiridora e analítica, e mais curiosidade do que devia. Tinha um aquário, com o compressor sempre a borbulhar, uma caixa de vidro com larvas de esfingídeo e uma gaiola de camundongos. Pelas paredes havia tabelas de crustáceos e dos ciclos de vida das rãs, além de um mapa celeste. Havia centenas de livros, conchas e folhas secas de capim, uma pele de cobra e um par de chifres (que haviam sido perdidos pelos animais durante o período normal de muda), e na prateleira de cima da estante seus vidros de veneno. James repôs o livro de flores silvestres no mesmo lugar e, subindo num banquinho, examinou os vidros com certa satisfação.

Ele mesmo havia preparado o conteúdo deles aferventando folhas, flores e bagas e coando o produto final. A maioria resultara num líquido escuro marrom esverdeado ou então vermelho arroxeado, o que sem dúvida havia desapontado James, que estava esperando um verde vivo ou um amarelo-açafrão, já que essas cores são mais facilmente associadas a coisas malignas e sinistras. Nos rótulos dos vidros lia-se: *Conium maculatum* e *Hyoscyamus niger* em vez de seus nomes populares, porque a mãe de James, quando entrasse para limpar a caixa de Pandora, saberia o que eram cicuta-da-europa e meimendro-negro. Só o vidro com a sua solução predileta, a mortal beladona, não tinha rótulo. Não havia como esconder, mesmo de quem não sabia latim, o significado de *Atropa belladona.*

Não que James tivesse a menor intenção de fazer uso de seus venenos. Nada poderia estar mais longe de seus pensamentos. De fato, eram guardados na prateleira de cima precisamente por motivos de segurança, e mesmo assim, toda vez que alguma criança pequena os visitava ele tomava o cuidado de manter a porta de seu quarto trancada. Ele preparava os venenos pelo motivo puramente científico de *ver se era possível* prepará-los. Com cautela e o mesmo espírito de distanciamento, chegara mesmo a provar primeiro umas poucas gotas, e depois meia colher de chá, do meimendro. O resultado fora que ficara muito enjoado e sofrera dolorosas cólicas estomacais; foi necessário chamar o médico, que diagnosticou gastrite. Mas James estava satisfeito. Tinha funcionado.

Para preparar seus venenos, ele sempre tinha que ser muito discreto. Ou seja, certificava-se de que sua mãe e Rosamund não estavam em casa. Rosamund não se interessaria, já que para ela as plantas eram todas iguais, gritava quando via as larvas dos esfingídeos e seu maior desejo era ir morar em Londres. Mas era bem capaz de ir contar à mãe. E, embora seus pais não fossem ficar zangados, nem fossem castigá-lo, nem destruir peremptoriamente seus preparados, já que eram pessoas sensatas e equilibradas, eles certamente o convenceriam a jogar os vidros fora, lhe passariam um sermão e apelariam para seus melhores sentimentos e seu bom senso. Assim, se ele queria aumentar sua coleção com uma poção de *Datura,* seria prudente optar por quarta à tarde, quando sua mãe estaria na reunião do Instituto Feminino, e então se apoderar da cozinha, do fogão, de uma caçarola e de uma peneira.

Decisão tomada, James voltou para o quintal com um saco de papel pardo onde guardou cinco frutinhos de estramônio, tudo que conseguiu encontrar, e, por precaução, duas flores e algumas folhas também. Estava lacrando a boca do saco com um pedaço de fita colante quando Rosamund apareceu.

– Você se esqueceu que temos que levar essas framboesas para tia Julie?

James se esquecera. Mas já que a única coisa que queria fazer naquele momento era botar para ferver o conteúdo do saco, e que não poderia fazer isso até quarta-feira, ele dirigiu a Rosamund seu olhar de professor distraído, deu de ombros e disse que era impossível que ele se esquecesse de qualquer coisa que ela fosse capaz de lembrar.

– Vou botar isso lá em cima – disse ele. – Vai andando que eu alcanço você.

A família Fyfield vivia há muitos anos – séculos, diziam alguns – na aldeia de Great Sindon, em Suffolk, morando nesta ou naquela casa, assumindo a direção de pequenas fazendas, todos pequenos proprietários, até que no início do século alguns deles subiram na escala social e passaram para a classe média. O pai de James, filho de um mestre-escola, ensinava na universidade de Essex, em Wivenhoe, a trinta quilômetros de distância. Mas mesmo assim os Fyfield de Ewes Hall Farm continuavam sendo filhos de sua terra; uns ancestrais seus estavam enterrados no cemitério local, outros eram lembrados no monumento aos ex-combatentes da aldeia.

Afora eles, o único Fyfield que no momento morava em Great Sindon era tia Julie, que não era propriamente uma tia, e sim uma parenta por afinidade, já que seu marido era um primo de quinto grau ou algo parecido. James não se lembrava de alguma vez ter sido particularmente atencioso nem especialmente educado com ela (como Rosamund era), mas apesar disto tia Julie parecia preferi-lo a qualquer outro. Com exceção, talvez, de Mirabel. E porque tinha predileção por ele, tia Julie queria que ele a visitasse. Se dependesse dela, essas visitas ocorreriam uma vez por semana, mas James não estava disposto a isso e seus pais não o haviam incentivado.

– Não gostaria que ninguém pensasse que James está de olho no dinheiro dela – dissera sua mãe.

– Todo mundo sabe que o dinheiro vai para a Mirabel – disse o pai.

– Mais razão ainda. Detestaria que dissessem que James está de olho na herança que por direito é de Mirabel.

Rosamund estava descaradamente de olho naquele dinheiro, ou numa parte dele, embora este fato aparentemente não ocorresse a ninguém. Ela mesma dissera-o a James. Alguns milhares de libras herdados de tia Julie a ajudariam bastante a concretizar seu sonho de comprar um apartamento em Londres, para o que vinha economizando desde os sete anos. Mas o preço dos apartamentos estava sempre subindo (ela lia religiosamente a página de imóveis no *Observer*), suas 28,50 libras não davam para nada, e se não caísse dinheiro do céu sua situação era irremediável. Rosamund era muito séria, e tinha muita determinação. James imaginou que ela mesma houvesse colhido as framboesas e que aquele "temos que levá-las" fosse fruto da vontade dela e não ordem da mãe deles. Mas não se opunha a ir. Havia uma amoreira no quintal de tia Julie, e ele gostaria muito de ter uma oportunidade de examiná-la. Estava pensando em criar bichos-da-seda.

Era um dia quente, abafado, no auge do verão, um dia de ar lânguido e sol meio escondido, de mamangabas sobrecarregadas e rosas desabrochadas mas ainda perfumadas. As matas nas encostas flutuavam como espectros azuis esfumaçados, e os campos, onde estavam começando a ceifar o trigo, tinham a cor dos cabelos de Rosamund. A rua principal de Great Sindon era muito longa e estreita, como é comum nas aldeias de

Suffolk. Tia Julie morava bem no fim dela, numa casa despretensiosa, de estrutura sólida, de tijolos cinzas e duas frentes, com telhado baixo de ardósia e duas chaminés altas. Em meados do século dezenove, quando fora construída, nunca a teriam considerado "casa de gente distinta", porque tinha apenas quatro quartos e uma única cozinha, o pé-direito baixo e escadas íngremes, mas hoje em dia qualquer pessoa distinta ficaria muito feliz de morar nela, e na cidade dizia-se que valia muito dinheiro. Sindon Lodge – era o nome da Casa – ficava num terreno de cerca de um hectare, que incluía um pomar de macieiras, um laguinho com nenúfares e um grande gramado onde ficava a amoreira.

James e sua irmã foram andando em silêncio quase absoluto. Tinham pouco em comum e fazia calor, o ar estava cheio de pequenos insetos que vinham dos campos. James sabia que só fora convidado a acompanhá-la porque se ela fosse sozinha tia Julie iria querer saber onde ele estava, ficaria amuada e provavelmente não a receberia bem. Ficou imaginando se a irmã sabia que a cesta onde colocara as framboesas, tendo-a forrado com um guardanapo de papel branco, era na verdade própria para vinho, já que tinha uma alça de bambu numa extremidade para segurar o gargalo da garrafa. Percebeu que ela trocara de roupa, tirara os *jeans* e vestira sua saia nova de algodão e uma blusa estampada, escovara os cabelos e os prendera com uma fita de veludo preto. Aquilo não ia adiantar nada, pensou James, mas decidiu não revelar a verdadeira utilidade da cesta a menos que ela fizesse alguma coisa só para irritá-lo.

Mas quando estavam passando pela igreja, Rosamund subitamente virou-se para ele e perguntou se ele sabia que agora havia uma senhora morando com a tia Julie para cuidar dela. Uma dama de companhia, como a chamavam, disse Rosamund. James não sabia – provavelmente estava absorto em seus próprios pensamentos quando o assunto fora comentado – e ficou um pouco envergonhado.

– E daí?

– E daí, nada. Só que espero que ela abra a porta para a gente. Você não sabia, sabia? Não é verdade que você sabe coisas que eu não sei. Muitas vezes eu sei coisas que você não sabe, *muitas* vezes.

James não se dignou a retrucar.

– Ela disse que se alguma vez precisasse da companhia de alguém, ela ia chamar a Mirabel. E a Mirabel bem que queria, bem que gostava da ideia de ir morar no interior. Mas a tia Julie não chamou ela, em vez disso arranjou essa senhora, e eu ouvi a mamãe dizer que a tia Julie não quer mais a Mirabel na casa dela. Não sei por quê. A mamãe disse que agora talvez a Mirabel não herde mais o dinheiro da tia Julie.

James assobiou alguns compassos da abertura do *Barbeiro de Sevilha.* – Eu sei por quê.

– Duvido.

– Então, não sei.

– Então, por quê?

– Você não tem idade para entender essas coisas. E, por falar nisso, você não deve saber, mas essa cesta onde você botou as framboesas é uma cesta de vinho.

Quem abriu a porta da frente de Sindon Lodge para eles foi uma mulher gorda com um vestido de algodão com um guarda-pó por cima. Ela parecia saber quem eles eram, e disse que se chamava sra. Crowley, mas que podiam chamá-la de tia Elsie se quisessem. James e Rosamund concordaram em silêncio que não queriam. Atravessaram o longo corredor, onde estava sempre meio frio, mesmo nos dias mais quentes.

Tia Julie estava na sala, sentada numa cadeira com Palmerston, o gato cinza, no colo, olhando através dos janelões para o quintal. Seu cabelo era exatamente da mesma cor que o pêlo de Palmerston, e quase tão fofo quanto ele. Era uma velhinha encarquilhada, muito velha, que estava sempre de calças compridas e suéter, o que, pensava James com seus botões, a fazia ficar um pouco parecida com um macaco. A artrite a deixara encurvada e meio paralítica, e estava piorando lentamente; fora provavelmente por isso que ela contratara a sra. Crowley.

Depois de perguntar a Rosamund por que ela pusera as framboesas numa cesta de vinho – ela devia levar a cesta imediatamente de volta para sua mãe –, tia Julie voltou sua atenção para James, exigindo que ele contasse o que andava colecionando, como estavam as larvas de esfingídeo e como ficara seu boletim escolar no fim do semestre. Dez minutos depois, James, embora não fosse extraordinariamente terno com relação à irmã, sentiu pena de Rosamund e resolveu contar para tia Julie que ela havia passado no exame de piano com distinção, acrescentando que, se ela lhe desse licença, ele gostaria de ir lá fora dar uma olhada na amoreira.

O quintal parecia abandonado, e no pomar minúsculas maçãs, caídas antes da hora por falta de trato, apodreciam no capim alto. Não havia peixes do laguinho, como há anos. A amoreira estava carregada de frutinhos vermelhos macios que pareciam grudentos, mas James achava que os bichos-da-seda só se alimentavam das folhas. Será que poderia tirar folhas da amoreira? Reconhecendo que tinha muito o que aprender sobre a criação de bichos-da-seda, andou lentamente ao redor da árvore, lembrando que fora Mirabel que identificara a árvore para ele e que dissera como seria maravilhoso uma pessoa fabricar sua própria seda.

Parecia-lhe terrível que, só porque tivera um bebê, Mirabel perdesse tudo aquilo. Porque "tudo aquilo" – a casa, os jardins, a fortuna indefinida que tio Walter ganhara construindo casas e deixara para sua viúva – era certamente indispensável para a coitada da Mirabel, que ganhava muito pouco como desenhista autônoma e devia estar contando com a herança.

Se estivesse sozinho poderia ter tocado no assunto com tia Julie, que tolerava quase qualquer coisa vinda dele, embora o chamasse de *enfant terrible*. Às vezes ela dizia que com jeitinho ele podia conseguir qualquer coisa dela, o que era um bom sinal de que ia obter as folhas da amoreira. Mas ele não ia falar da Mirabel na frente de Rosamund. Em vez disso, experimentou tocar no assunto com sua mãe assim que Rosamund, sob protesto, foi mandada para cama.

– Bem, querido, a Mirabel se meteu a ter um filho sem ser casada. E quando a tia Julie era nova isso era uma coisa terrível. As coisas mudaram tanto que a gente nem consegue imaginar uma coisa dessas. Mas a tia Julie tem princípios muito severos e deve achar que a Mirabel não é uma boa moça.

– Entendo – disse James, sem entender muito bem. – E quando ela morrer a Mirabel não vai estar no testamento, certo?

– Não acho que a gente devia ficar falando nessas coisas.

– É claro que não devia – disse o pai de James.

– Não devia, mas eu quero saber. Vocês vivem dizendo que as pessoas não deviam esconder as coisas das crianças. A tia Julie fez outro testamento, tirando a Mirabel?

– O problema é justamente que a tia Julie não fez testamento nenhum. Pela lei, uma sobrinha-neta não herda automaticamente se a pessoa morre intestada... quer dizer, morre...

– Eu sei o que quer dizer intestada – disse James.

– Então imagino que a Mirabel pensou que podia influenciar a tia Julie a fazer um testamento. Isso não parece muito direito dito desse modo, mas, realmente, por que a Mirabel não iria ficar com tudo? Se não for ela, não deve haver nenhum outro parente mais próximo, e aí vai tudo para o estado.

– Agora, vamos mudar de assunto? – disse o pai de James.

– Vamos, tudo bem – disse James. – Você vai ao Instituto Feminino na quarta-feira, como sempre?

– É claro que vou, meu bem. Por que você quer saber?

– Estava só pensando – disse James.

O pai de James, de férias durante o período de recesso da universidade, no dia seguinte foi até o pomar com cesta e ancinho e arrancou o estramônio que estava crescendo entre as moitas de groselha. James, sentado na cama com a *História natural de Selborne* na mão, observava-o pela janela. Seu pai botou o estramônio em cima do adubo composto e foi à cata de outras ervas daninhas, todas as quais localizou em cinco minutos. James suspirou, mas encarou filosoficamente aquele extermínio. Havia o suficiente para suas necessidades no saco de papel pardo.

Ocorreu que ficou sozinho em casa e pôde preparar sua mais nova poção. Seu pai disse durante o almoço que iria de carro a Bury St. Edmunds à tarde e que as duas crianças podiam ir com ele se quisessem. Rosamund foi. Bury St. Edmunds, apesar de não ser exatamente Londres, pelo menos era uma cidade de bom tamanho, cheia de coisas que ela gostava, lojas, restaurantes, cinemas e multidões. Uma vez só, James escolheu uma caçarola esmaltada, calculando que todos os vestígios da *Datura* poderiam ser facilmente removidos dela depois, e botou mais ou menos meio litro de água para ferver. Enquanto a água não fervia, cortou os frutinhos verdes para retirar as sementes pretas. Quando a água começou a ferver, jogou os pedaços dos frutos, as sementes, as flores e as folhas e deixou tudo fervendo em fogo brando por meia hora, mexendo de vez em quando com um espeto. Como esperava, a cor verde clara não se mantivera, e tudo, a parte sólida e o líquido, havia ficado marrom-escuro. James não se atreveu a usar uma peneira para coar a mistura com medo de não conseguir limpá-la depois; assim, espremeu a solução com as próprias mãos até que só restasse uma pasta úmida.

Livrou-se da pasta jogando-a no processador de lixo. Derramou o líquido, agora reduzido a pouco mais de um quarto de litro, no vidro de remédio que reservara para este fim, atarraxou a tampa e rotulou-a: *Datura stramonium.* Lavou bem a caçarola em água corrente, mas uns dias depois, quando viu que sua mãe a havia usado para cozinhar as ervilhas que seriam servidas com o peixe no jantar, temeu que toda a família tivesse dores alucinantes ou até tetania. Mas não aconteceu nada e ninguém sentiu coisa nenhuma.

Quando as aulas começaram novamente, James já preparara uma substância que ele esperava que fosse muscarina, a partir do cozimento do cogumelo *Amanita muscaria,* e um pouco de um cianureto meio duvidoso a partir de sementes de damasco. Agora havia dez vidros de veneno na prateleira de cima de sua estante. Mas ninguém corria perigo por causa deles, e mesmo depois que a família Fyfield ganhou mais dois membros, não havia necessidade de que James mantivesse a porta de seu quarto trancada, já que o filho de Mirabel só tinha seis meses e obviamente ainda não sabia andar.

A vinda de Mirabel fora totalmente intempestiva. Segundo o pai de James ela se comportara de um modo ridículo. O prazo de aluguel de seu apartamento em Kensington estava expirando e, em vez de tomar providências para encontrar outro lugar para morar, ficara esperando até que só faltasse uma semana para o fim do prazo e aparecera em Great Sindon para apelar para a misericórdia da tia Julie. Veio de táxi da estação de Ipswich, arrastando uma valise e carregando o bebê, Oliver.

A sra. Crowley abrira a porta e Mirabel nem chegara a ver tia Julie. Deram-lhe o recado de que não era bem-vinda em Sindon Lodge, como tia Julie achava que havia deixado bastante claro por telefone e por carta. Mirabel, que acreditara que tia Julie se comoveria ao vê-la, podia escolher entre voltar para Londres, arranjar um hotel em Ipswich ou arranjar guarida com os Fyfield. Disse ao motorista do táxi que a levasse para Ewes Hall Farm.

– Como eu podia mandar ela embora? – James ouviu sua mãe dizer. Mirabel estava no andar de cima botando Oliver na cama. – Quando eu a vi na soleira da porta, com aquela mala pesada e o bebê chorando até arrebentar, coitadinho... E ela é um tiquinho de gente.

O pai de James estava aborrecido desde que chegara em casa.

– Mirabel é exatamente o tipo de pessoa que vem para passar o fim de semana e fica dez anos.

– Ninguém ficaria aqui dez anos se pudesse morar em Londres – disse Rosamund.

Em todo caso, Mirabel não ficou dez anos, embora ainda estivesse lá dez semanas depois. E em quase todos os dias dessas dez semanas ela tentou inutilmente entrar em Sindon Lodge. Quem quer que por acaso estivesse de noite na sala de estar de Ewes Hall Farm – e em pleno inverno isso significava quase todo mundo – tinha oportunidade de ouvir Mirabel queixando-se da vida e acusando as pessoas que a haviam prejudicado, particularmente o pai de Oliver e tia Julie. A mãe de James às vezes dizia que era lamentável que Oliver tivesse que crescer sem um pai, mas já que Mirabel nunca se referia a ele sem dizer que ele era o homem mais egoísta, imaturo, insensível, mesquinho, indolente e desumano de Londres, James achava que Oliver ficaria muito melhor sem ele. Quanto a tia Julie, Mirabel dizia que ela devia estar senil, devia ter perdido o juízo.

– Dá para entender uma pessoa tomar uma atitude dessas, Elizabeth, nos dias de hoje? Ela literalmente não me quer na casa dela porque eu tive o Oliver e não era casada com o Francis. Graças a Deus que não era, é o que eu posso dizer. Mas você não acha que esse tipo de coisa já acabou junto com a Idade Média?

– Ela vai ceder com o tempo – disse a mãe de James.

– É, mas em quanto tempo? Quer dizer, ela não tem muito tempo, tem? E eu aqui me aproveitando vergonhosamente da sua hospitalidade. Você não imagina como isso me deixa com a consciência pesada, só que literalmente não tenho para onde ir. E simplesmente não tenho condições de alugar outro apartamento como aquele; francamente, não daria para levantar o dinheiro. Depois que o Oliver nasceu ficou mais difícil arranjar casa e evidentemente nunca recebi um tostão daquele sujeitinho execrável, egoísta e avarento.

O pai e a mãe de James ficavam muito entediados com essas conversas, mas não tinham como sair da sala. James e Rosamund podiam, mas depois de algum tempo Mirabel passou a seguir James até a caixa de Pandora, onde ficava sentada na cama dele e dava prosseguimento a suas queixas prolixas, minuciosas e repetitivas como se ele fosse da idade dela.

A princípio isso era meio desconcertante, mas ele se acostumou. Mirabel tinha uns trinta anos, mas para ele e sua irmã ela parecia ser da idade de seus pais, de meia-idade, velha, assim como qualquer um que tivesse mais de vinte e dois anos mais ou menos. E até se acostumar com o jeito dela, não sabia como interpretar o jeito como ela olhava no fundo de seus olhos ou de repente o agarrava pelo braço. Ela se dizia (frequentemente) irascível, nervosa e muito tensa.

Ela era baixa; James já estava mais alto do que ela. Tinha o rosto miúdo, meio abatido, os olhos eram saltados e os cabelos eram compridos e soltos, como os de Rosamund. Os Fyfield tinham ossos grandes, cabelos claros e pele corada, mas Mirabel era morena e muito magra, e seus pulsos, mãos, tornozelos e pés eram muito finos e pequenos. Não eram parentes consanguíneos, é claro, já que Mirabel era neta da irmã de tia Julie.

Mirabel não era seu nome de batismo. Fora batizada Brenda Margaret, mas tinha-se que admitir que o nome que escolhera para si era muito mais condizente com ela, condizente com seu jeito excêntrico, seus sorrisos largos, melancolias profundas, e com as roupas justas que usava, as musselinas e xales que se arrastavam pelo chão. Sempre usava um manto ou uma pelerine para ir à cidade, e a mãe de James dizia que não se lembrava de ter visto Mirabel de casaco.

James sempre sentira uma simpatia oculta por ela, não sabia por quê. Mas agora que estava mais velho e a via diariamente, entendia algo que antes não sabia. Ele gostava de Mirabel porque ela parecia gostar muito dele e porque ela o bajulava. Era engraçado, ele a ouvia bajulá-lo, percebia o verdadeiro significado daquilo, mas essa compreensão não diminuía em nada o prazer que ele sentia ao ouvi-la.

– Você é decididamente brilhante para sua idade, não é, James? – dizia Mirabel. – Acho que você vai ser um cientista um dia. Provavelmente vai ganhar o prêmio Nobel.

Ela pedia-lhe que lhe ensinasse coisas: como aplicar o teorema de Pitágoras, como converter de graus Fahrenheit para graus Celsius, de onças para gramas, como trocar a tomada de seu secador de cabelo.

– Gostaria que o Oliver viesse a ter metade da sua inteligência, James, com isso eu já ficaria bem contente. O Francis é esperto, veja bem, mas é tão imaturo e preguiçoso que eu literalmente acho que *você* é mais maduro do que ele.

Tia Julie já devia saber há muito que Mirabel estava morando com os Fyfield, já que uma coisa dessas não conseguiria ficar em segredo numa cidadezinha do tamanho de Great Sindon, mas tia Julie só tocou no assunto com James em dezembro. Estavam sentados em frente à lareira na sala da frente de Sindon Lodge, comendo pães-de-minuto assados pela sra. Crowley e bebendo chá Earl Grey, enquanto Palmerston se espreguiçava no tapetinho em frente à lareira. Lá fora uma chuva fina batia nas vidraças.

– Só espero que a Elizabeth saiba o que está fazendo. Se não tomarem cuidado, vão ter que aguentar aquela moça pelo resto da vida.

James não disse nada.

– É claro que na sua idade você não entende todos os ângulos da questão, mas na minha opinião seus pais deviam ter pensado duas vezes antes de deixar que ela fosse morar na casa deles e levasse aquele filho ilegítimo com ela. – Tia Julie lançou-lhe um olhar sério, talvez de despeito. – Isso pode ter um péssimo efeito sobre a Rosamund. Rosamund vai achar que um comportamento imoral é aceitável se ficar vendo gente como Mirabel sendo recompensada pelo que fez.

– Ela não está sendo exatamente *recompensada* – disse James, avançando nos pãezinhos e na geleia de ameixa. – A única coisa que a gente dá para ela é comida, e ela tem que dormir no mesmo quarto que o Oliver. – Este parecia-lhe ser de longe o pior aspecto da situação de Mirabel.

Tia Julie não retrucou. Pouco depois, olhando para o fogo, ela disse: – Como você acha que se sentiria se soubesse que as pessoas só vinham lhe visitar para tentar ficar com o seu dinheiro? É só isso que a dona Mirabel quer. Ela não se importa comigo, não liga a mínima. Ela vem aqui e fica adulando a sra. Crowley porque pensa que, uma vez aqui dentro, eu vou aceitar ela de volta e fazer um testamento deixando tudo que eu tenho para ela e aquele filho ilegítimo dela. O que você acharia disso se estivesse em meu lugar? Talvez você chegue a isso um dia, seus netos bajulando você por qualquer migalha.

– A senhora não *tem certeza* que as pessoas vêm aqui por isso – disse James, constrangido, pensando em Rosamund.

Tia Julie expressou seu desprezo como um "Aaah!" Deu um soco no ar com a mão artrítica como se estivesse afastando alguma coisa. – Eu não sou simplória, sou? Não sou tola. Eu me desprezaria, pode ter certeza, se eu fingisse que não é claro como água por que todos vocês vêm aqui.

O fogo estalou e Palmerston remexeu-se, sem acordar.

– Bem, eu, não – disse James.

– Não mesmo, seu santinho?

James deu um largo sorriso. – Tem um jeito de a senhora descobrir. A senhora faz um testamento, deixa todo o seu dinheiro para outras pessoas e me diz que eu não vou herdar nada... e aí vamos ver se eu ainda venho aqui.

– Eu podia fazer isso, podia? Você é tão esperto, James Fyfield, que qualquer dia desses você ainda vai se machucar feio.

Sua profecia cumpriu-se naquela mesma tarde, de modo curioso. Ao tatear na prateleira de cima de sua estante, James deixou cair o vidro de muscarina e cortou a mão nos cacos. Não foi um corte feio, mas a substância que havia dentro do vidro caiu sobre o corte e isso deixou-o muito inquieto e ansioso por uma hora. Não aconteceu nada, seu braço não inchou, não ficou preto, nem nada parecido, mas o incidente fez com que refletisse seriamente a respeito dos outros vidros. Não era uma bobagem conservá-los? Estava começando a ver aquele seu interesse por venenos, que não era mais uma compulsão, como uma infantilidade. Além do mais, com Oliver na casa, que agora estava engatinhando e logo começaria a andar, conservar os venenos poderia ser muito mais do que perigoso, talvez fosse positivamente criminoso.

Havendo se decidido, pegou os vidros sem mais delonga e entornou o conteúdo de todos eles, um por um, na pia do quarto. Alguns líquidos tinham um cheiro horrível. O meimendro cheirava como a gaiola dos camundongos depois de um dia sem ser limpa.

Jogou tudo fora com uma exceção. Não conseguiu realmente se convencer a se separar da *Datura*. Ela sempre fora seu orgulho, mais ainda do que a beladona. Às vezes estava sentado na sua escrivaninha, fazendo o trabalho de casa, levantava os olhos até o vidro de *Datura* e ficava imaginando o que as pessoas pensariam se soubessem que guardava em seu quarto algo que poderia matar (provavelmente) metade da população da aldeia. Olhou para a *Datura*, lembrando como havia colhido os frutinhos verdes e espinhentos do estramônio em cima da hora, antes que seu pai arrancasse todas aquelas plantas bonitas e sinistras – olhou para ela e recolocou-a na prateleira de cima. Depois sentou-se à sua escrivaninha e fez o dever de latim sem ser percebido.

Mirabel ainda estava com eles no Natal. Na véspera do Natal ela levou para Sindon Lodge o suéter azul-claro, embrulhado num papel estampado com motivos natalinos, a caixa de um quilo de chocolates e o bico-de-papagaio num vaso dourado que comprara para tia Julie. E levou Rosamund com ela. Rosamund usava seu novo casaco escarlate guarnecido de pele branca, que era um presente de Natal antecipado, e a echarpe com estampa do Palácio de Buckingham e a Torre de Londres, que também era;

Mirabel trajava sua capa azul-escura, seu chapéu de lã angorá e botas de camurça cinza de saltos muito altos, que derrapavam perigosamente no gelo. Oliver ficou em casa, aos cuidados da mãe de James.

Mas se Mirabel pensara que a presença de Rosamund lhe daria o direito de entrar na casa, estava redondamente enganada. A sra. Crowley, com uma expressão de pesar, trouxe-lhe o recado de que tia Julie não podia ver ninguém. Estava com uma de suas crises estomacais, sentindo-se muito indisposta, e nunca aceitava presentes quando não tinha nada para dar em retribuição. Mirabel entendeu uma porção de coisas, talvez mais do que fora a intenção de tia Julie, nessa despedida.

– Ela está dizendo que nunca vai ter nada para me dar – disse ela, sentada na cama de James. – Está dizendo que se decidiu a não deixar nada para mim.

– Era um pouco – James procurou a palavra, e encontrou-a –, um pouco *degradante* ficar insistindo daquele jeito só por causa de um dinheiro que não se havia ganhado, a que não se tinha realmente direito. Mas não fez nenhum comentário cruel e moralista. Sugeriu que Mirabel poderia ficar mais feliz se voltasse a desenhar tecidos e se esquecesse de tia Julie e seu testamento. Ela se virou contra ele com raiva.

– O que você entende disso? Você é só uma criança. Você não sabe o que eu passei com aquele sujeitinho egoísta e covarde. Ele me largou sozinha, para ter meu filho sozinha, não está nem aí se eu estou na miséria ou não, e eu que crie o Oliver sozinha e sem ter onde morar. Como eu vou trabalhar? O que eu vou fazer com o Oliver? Ah, é tão injusto! Por que eu não vou herdar o dinheiro dela? Eu não estou tirando nada de ninguém, ela não deixou o dinheiro para outra pessoa, eu não estou tentando fazer ela mudar o testamento. Se não ficar para mim, vai tudo para o governo.

Mirabel estava efetivamente chorando a essa altura. Enxugou os olhos e fungou. – Desculpe, James, eu não devia descarregar isso em cima de você. Acho que estou simplesmente chegando ao meu limite.

O pai de James usara exatamente as mesmas palavras naquele mesmo dia. Estava chegando ao limite dele em relação a Mirabel. Era só esperar passar o Natal e aí, se a mãe de James não dissesse a ela que ela já abusara demais da hospitalidade deles, ele o faria. Ela que fizesse as pazes com o tal do pai do Oliver, arranjasse um quarto em qualquer lugar ou fosse morar em Londres com um daqueles amigos dela que tinham pretensões artísticas. Não era nem mesmo parente, ele nem mesmo gostava dela, e ela já estava com eles há quase três meses.

– Sei que não posso ficar aqui para sempre – disse Mirabel para James, depois que deram umas indiretas –, mas para onde eu posso ir? – Levantou os olhos para os céus, ou pelo menos até a prateleira de cima da estante, e seus olhos pousaram no vidro com o líquido marrom esverdeado rotulado *Datura stramonium.*

– Que negócio é aquele? – perguntou Mirabel. – O que há naquele vidro? *Datura* qualquer coisa, não sei pronunciar aquilo. Não é xarope para a tosse, não é? Tem uma cor tão horrível!

Seis meses antes, se lhe tivessem feito aquela pergunta, James teria tergiversado ou mentido. Mas agora tinha outra opinião a respeito daquelas suas experiências e também tinha uma vaga sensação de que se contasse a verdade a Mirabel e ela contasse a sua mãe, ele seria forçado a fazer algo que sua própria vontade se recusava a forçá-lo: jogar o vidro fora.

– Veneno – disse ele laconicamente.

– *Veneno*?

– Fiz com uma planta chamada figueira-do-inferno

ou estramônio. Está bem concentrado. Acho que uma dose poderia ser letal.

– Você estava pensando em matar ratos ou algo assim?

James nem sonharia em matar um rato, nem qualquer outro animal. Irritou-o ver que Mirabel, que já devia conhecê-lo muito bem, que havia morado na mesma casa com ele e conversado com ele todo dia, houvesse se interessado tão pouco por ele e sua verdadeira índole a ponto de não se dar conta disso.

– Eu não estava pensando em matar nada com isso. Era só uma experiência.

Mirabel deu uma risada forçada. – Dava para me matar? Talvez eu venha aqui quando você estiver na escola e pegue aquele vidro e... ponha um fim na minha vida. Seria um alívio, não seria? Quem iria ligar? Ninguém. Nem o Francis, nem a tia Julie. Ficariam é satisfeitos. Não tem ninguém nesse mundo que fosse sentir a minha falta.

– Bem, o Oliver sentiria – disse James.

– É, meu nenezinho sentiria, meu Oliver ligaria. As pessoas não percebem que só quero o dinheiro da tia Julie por causa do Oliver. Não é por mim. Eu só quero o dinheiro para dar ao Oliver uma oportunidade na vida. – Mirabel olhou para James, apertando os olhos. – Às vezes eu fico pensando que você é a única pessoa do mundo de quem a tia Julie gosta. Aposto que se você dissesse a ela para esquecer o que se passou e me aceitar de volta, ela o faria. Aposto que sim. Ela era capaz até de fazer um testamento se você sugerisse. Imagino que é porque você é esperto. Ela admira os intelectuais.

– Se eu sugerisse que ela fizesse um testamento em favor do Oliver, acho que é bem provável – disse James. – Ele é sobrinho-bisneto dela, não é? Essa é uma ótima ideia, é bem provável que ela faça isso.

Não conseguiu entender por que Mirabel ficou tão zangada de repente e, aos gritos de "Puxa, você é impossível, você é pior do que os outros!", saiu de seu quarto batendo a porta. Será que ela pensou que estava sendo sarcástico? Era óbvio que ela queria que ele tentasse influenciar a tia Julie a favor dela, e ficou se perguntando se ela o bajulara só com esse fim. Talvez. Mas, fosse como fosse, ele achava que Mirabel tinha certa razão. Sempre fora uma boa sobrinha, ou sobrinha-neta, para tia Julie, estava sempre visitando-a em Sindon Lodge antes da história com o Francis, mandava religiosamente presentes de aniversário e cartões de Natal, ou pelo menos era o que sua mãe dizia, e fora muito atenciosa quando tia Julie estivera doente. Por outro lado, pelo lado prático, egoísta, conseguir que Mirabel fosse aceita em Sindon Lodge significaria afastá-la de Ewes Hall Farm, onde sua presença acabava com o bom humor de seu pai, deixava sua mãe exausta, Rosamund amuada e estava começando a aborrecer até mesmo a ele próprio. Assim, talvez ele devesse tocar no assunto com tia Julie na próxima vez que fosse visitá-la. E começou a esboçar um plano; iria sugerir um encontro com Oliver, já que todas as pessoas velhas parecem gostar de bebês, e apresentar argumentos convincentes, lembrando que Oliver precisava de um lar, dinheiro e coisas que compensassem o fato de ele não ter um pai. Mas, de fato, não precisou fazer nada. A sra. Crowley recebeu uma oferta melhor de emprego num lugar mais alegre e partiu de repente, deixando tia Julie entrevada de artrite e no meio de uma crise estomacal.

Ela arrastou-se até a porta para deixar James entrar. Estava uma figura grotesca, de calças de veludo cotelê vermelho e suéter verde, o rosto de bruxa emoldurado por uma nuvem de cabelos grisalhos e, andando atrás dela, escolhendo cuidadosamente onde pisar, Palmerston, de cauda levantada.

– Você pode dizer para aquela moça que ela pode vir aqui hoje à noite se quiser. É melhor ela trazer aquele filho ilegítimo dela, não acredito que sua mãe queira ficar com ele.

Tia Julie latia mais do que mordia. Talvez até nem mordesse. Na próxima vez que James foi a Sindon Lodge umas três semanas depois, Mirabel estava instalada como se houvesse morado lá a vida toda, Oliver estava no tapetinho em frente à lareira, de onde expulsara Palmerston, e tia Julie estava vestindo a roupa que Mirabel lhe dera de presente de Natal.

Mal falou com James enquanto a sobrinha-neta estava na sala. Ficou recostada em sua poltrona com os olhos fechados e, embora as roupas de adolescente que usava fizessem com que sua aparência fosse um grotesco arremedo de juventude, agora dava para ver que era muito velha. Os problemas recentes a haviam envelhecido. Seu rosto parecia feito de papel pardo amassado. Mas quando Mirabel saiu – foi obrigada a deixá-los pelos insistentes apelos de Oliver, que queria chá –, tia Julie pareceu reviver. Abriu os olhos e disse a James em seu tom de voz mais rude e brusco: – Essa é a última vez que você vem aqui, imagino.

– Por que a senhora está dizendo isso?

– Porque fiz meu testamento, e você não está nele. – Apontou um dedão deformado na direção da porta. – Deixei a casa, a mobília e tudo que tenho para *ela.* E um pouco para alguém que nós dois conhecemos.

– Quem? – quis saber James.

– Não importa. Não é você, e não é da sua conta. – Havia uma expressão curiosa nos olhos de tia Julie. – O que eu fiz foi deixar meu dinheiro para duas pessoas que eu não suporto e que não gostam de mim. Você acha que isso é idiotice, não? Essas duas pessoas me bajularam e me pajearam e mentiram para mim, dizendo que se preocupavam comigo. Bem, estou cheia disso. Elas vão ter o que queriam e eu nunca mais vou ter que ver aquela expressão no rosto delas.

– Que expressão?

– Uma mistura de súplica com avidez. O tipo de expressão que só quem tem direito de ter no rosto é quem está morrendo de fome. Você não sabe do que eu estou falando, sabe? Você é muito esperto, mas você não sabe nada da vida, ainda não. E como poderia saber?

A velha fechou os olhos e fez-se silêncio. A última acha de lenha da pilha despencou e caiu no meio do fogo, lançando faíscas. Palmerston saiu a passos largos de onde se abrigara de Oliver, esfregou-se nas pernas de James e começou a lamber-se, à luz vermelha da lareira. De repente tia Julie falou.

– Eu não queria que você fosse corrompido, entende? Não queria *estragar* a única pessoa que tem alguma importância para mim. Mas não sei... se eu não estivesse velha demais para aguentar toda a confusão que haveria, voltaria atrás e deixaria a casa para você. Ou para sua mãe, ela é uma boa mulher.

– Ela já tem casa.

– Casa a gente vende, seu menino bobo. Você não está pensando que dona Mirabel vai *morar* aqui, está? – Mirabel deve ter ouvido isso, pensou James, quando a porta abriu e o carrinho de chá apareceu, mas não havia como prevenir tia Julie nem chamar a sua atenção. – Eu ainda poderia fazer outro testamento, poderia me convencer a fazer isso. Dizem que mudar de ideia é prerrogativa das mulheres.

Mirabel parecia zangada, e houve muito pouca oportunidade de conversarem depois disso já que Oliver, quando estavam lhe dando banho, ou comida ou brincando com ele, dominava tudo. Era uma criança grande, de cabelos avermelhados, nem um pouco parecido com

Mirabel mas, imaginava-se, parecido com o mesquinho e insensível Francis. Estava agora com dez meses e já andava e "mexia em tudo", como dizia a mãe de James. Era óbvio que o menino cansava tia Julie, cujo semblante exprimiu uma profunda contrariedade quando ele começou a gritar depois que Mirabel se recusou a dar-lhe bolo de chocolate. O rosto e as mãos de Oliver foram limpos, ele foi posto no chão, tentou comer pedaços do carvão que estava no balde e, quando lhe impediram, pôs-se a atormentar o gato. James levantou-se para ir embora e tia Julie segurou sua mão quando ele passou por ela. Sussurrou-lhe, com um olhar significativo, que a virtude é a sua própria recompensa.

Não demorou muito para que ele descobrisse quem era "alguém que nós dois conhecemos". Tia Julie escreveu uma carta para os pais de James na qual dizia que estava deixando uma certa importância para Rosamund em seu testamento. Elizabeth Fyfield disse que achava que havia alguma coisa de muito desagradável naquela carta e que parecia estar subentendido que Rosamund havia frequentado Sindon Lodge com "grandes esperanças" em mente. Ficou transtornada com aquilo, mas Rosamund ficou exultante. Tia Julie não havia dito qual era a importância, mas Rosamund estava certa que deviam ser milhares de libras – meio milhão foi a maior estimativa que mencionou – e com o dinheiro que ganhou de aniversário (fez onze anos em primeiro de março) comprou para si mesma um livro ilustrado sobre a arquitetura de Londres, principalmente as ruas de Mayfair, Belgravia e Knightsbridge, para que pudesse se decidir em qual desses bairros ficaria seu apartamento.

– Acho que foi um erro terrível contar para ela – disse o pai de James.

Pois Rosamund passara a visitar Sindon Lodge semanalmente. Quase sempre levava algum presentinho para tia Julie, um ramalhete de anêmonas, um vaso torto que fizera na escola, um pacote de balas de hortelã.

– Os testamentos podem ser modificados, você sabia? – disse James.

– Não é por isso que eu vou lá. Não se atreva a dizer isso! Eu vou porque gosto dela. Você está só com inveja de mim, e você não vai lá há semanas.

Era verdade. Ele compreendeu que Rosamund fora mesmo corrompida e ele, posto à prova, havia falhado. Contudo, não era só a decepção ou o constrangimento que o mantinha longe de Sindon Lodge, e sim, mais exatamente, a sensação de que devia ser muito errado manipular as pessoas daquele jeito. Algumas vezes ouvira seu pai usar a expressão "bancar Deus" e agora entendia o que isso queria dizer. Tia Julie havia bancado Deus com ele, com Rosamund e com Mirabel também. Provavelmente ainda estava bancando Deus, fazendo insinuações a respeito de mudar o testamento toda vez que Mirabel a desagradava. Então ele iria lá para desafiar essa manipulação, para não ser um fantoche nas mãos dela; iria no dia seguinte, quando estivesse voltando da escola.

Mas embora houvesse ido como prometera a si mesmo, para mostrar a ela que suas visitas eram desinteressadas e que sabia manter a palavra, nunca mais a viu com vida. O carro do médico estava parado do lado de fora da casa quando ele passou pelo portão. Mirabel abriu a porta depois que ele tocou a campainha três vezes. Estava mortificada, pálida, com Oliver no colo, impaciente. Tia Julie tivera uma de suas crises estomacais, uma crise terrível que durara a noite toda. Mirabel não soubera o que fazer e tia Julie havia se recusado a deixá-la chamar uma ambulância, não queria ir para um hospital. O médico viera logo, voltara mais tarde e estava agora com ela.

Carrancuda, Mirabel disse que tivera que esfregar todo o quarto e até mesmo queimar os lençóis. Fora uma bagunça terrível, pior do que James poderia imaginar, mas não poderia deixar o médico vê-la naquele estado. Mirabel disse que achava que o pior já havia passado, mas não parecia nada esperançosa, parecia infeliz. James não passou do vestíbulo. Pediu que dissesse a tia Julie que estivera lá, que por favor não se esquecesse de dizer isso a ela, e Mirabel disse que não se esqueceria. Foi embora andando lentamente. A primavera estava no ar, e o jardim da frente, impecável, simétrico, estava cheio de narcisos balançando ao vento. No portão, encontrou Palmerston, que estava entrando com uma ratazana morta na boca. Sem largar sua presa, Palmerston esfregou-se nas pernas de James, e o menino, sentindo-se muito deprimido, o acariciou.

Dois dias depois tia Julie teve outra crise e morreu. Ou então foi a apoplexia que teve depois da crise que a matou, disse o médico. A causa da morte que constou do atestado foi "intoxicação alimentar e hemorragia cerebral", de acordo com a sra. Hodges, que fora faxineira de tia Julie e encontrara a mãe de James na cidade. Pelo visto, os médicos tinham que escrever no atestado de óbito a causa principal e a secundária, o que era mais uma informação para James acrescentar à sua coleção crescente.

Os pais de James foram ao enterro e, evidentemente, Mirabel também foi. James não quis ir, e nem lhe passou pela cabeça que o deixariam perder um dia de aula, mas Rosamund chorou quando a impediram de ir. Ela queria mandar tingir de preto seu casaco vermelho e branco e levar um pequeno buquê de violetas. As disposições do testamento foram tornadas públicas nos dias que se seguiram, mas não houve uma dramática leitura do testamento após o enterro, como acontece nos livros.

Sindon Lodge ficou para Mirabel, assim como todo o dinheiro de tia Julie com exceção de um "pouco" para Rosamund, que se revelou, em termos relativos, ser mesmo pouco. Quinhentas libras. Rosamund chorou (e disse que estava chorando porque sentia saudades de tia Julie) e depois ficou amuada, mas quando o testamento foi autenticado e ela de fato recebeu o dinheiro, quando lhe mostraram o cheque e o depositaram em sua caderneta de poupança, ficou mais animada e tornou-se bem sensata. Chegou a dizer a James que teria sido uma responsabilidade terrível ter meio milhão de libras, pois ficaria sempre achando que as pessoas só estavam sendo boas com ela por causa do dinheiro.

James ficou com Palmerston. Isso estava especificado no testamento; o gato era descrito e mencionado pelo nome, e legado "se o animal sobreviver a mim, a James Alexander Fyfield, de Ewes Hall Farm, Great Sindon, sendo ele a única pessoa em quem sei que posso confiar..."

– Que coisa horrível de se dizer – disse Mirabel. – Imagine, escrever uma coisa dessas. Acho ótimo James ficar com ele. Eu certamente mandaria matá-lo, não dá para ter um gato com um bebê dentro de casa.

Palmerston morara tanto tempo em Sindon Lodge que estava sempre voltando lá, embora sempre se afastasse instintivamente de Mirabel. Porque Mirabel, ao contrário do que tia Julie havia predito, não vendeu a casa. Também não fez qualquer uma daquelas modificações imaginadas pelos habitantes da cidade quando souberam que ela não iria vendê-la. Sindon Lodge não foi pintada de branco, nem a porta da frente de azul, nem acarpetada de novo, e a cozinha não foi equipada com as mais recentes aparelhagens. Mirabel não fez nada aparatoso, não causou sensação, e a única coisa que comprou foi um carrinho modesto. Por algum tempo parecia que estava vivendo no seu canto, realmente chorando a morte da velha, e a mãe de James disse que talvez todos houvessem se enganado a respeito dela e ela realmente gostasse da tia Julie, afinal.

As coisas começaram a mudar com a entrada em cena de Gilbert Coleridge. Ninguém sabia onde Mirabel o conhecera, mas um dia sua grande caminhonete Volvo amarela foi vista na porta de Sindon Lodge; no dia seguinte Mirabel foi vista no banco do carona do carro, e em poucas horas a cidade inteira sabia que ela tinha um amigo.

– Parece que ele é uma pessoa boa, decente – disse a mãe de James, cujo sistema de comunicação pessoa a pessoa era sempre confiável. – Dois ou três anos mais velho do que ela, nunca se casou – bem, nunca se sabe hoje em dia, não é? – e já é sócio da firma. Seria o ideal para o Oliver. Ele precisa da presença de um homem em casa.

– Tomara que ela tenha o bom senso de se casar com este – disse o pai de James.

Mas de modo geral, fora esta história, a família Fyfield havia perdido o interesse em Mirabel. Irritaram-se ao ver que Mirabel, depois de conseguir o que queria com a ajuda deles, primeiro o direito de entrar em Sindon Lodge e depois a posse da casa, houvesse perdido o interesse por eles. Não se encontravam com ela na aldeia porque ela raramente ia a pé a parte alguma se pudesse evitá-lo, e embora Rosamund passasse por lá várias vezes, Mirabel ou não estava ou então estava ocupada demais para convidar alguém a entrar. James ouviu sua mãe dizer que parecia até que Mirabel achava que havia falado demais quando morara com eles, demonstrado seus desejos abertamente demais, e que agora que tinha o que desejava queria se relacionar o mínimo possível com aqueles que haviam ouvido suas confidências. Mas isso convinha aos Fyfield, já que o aparecimento de Mirabel era sempre acompanhado de aborrecimentos e exigências.

O verão estava mais quente e seco do que o anterior, e a safra de frutas miúdas estava excepcionalmente boa. Mas este ano não havia uma tia Julie para olhar com desdém para as cestas de framboesas. E a figueira-do-inferno, a *Datura,* o estramônio, não apareceu no quintal dos Fyfield, nem, aparentemente, em qualquer parte de

Great Sindon. Uma "ocorrência fortuita", como dizia o livro de plantas silvestres, havia saído misteriosamente de circulação ou então afastara-se para algum lugar além dos prados.

Se houvesse aparecido, não teria exercido qualquer fascínio sobre James. Fizera treze anos em junho e sentia-se incomensuravelmente, e não apenas um ano, mais velho do que no verão anterior. Em primeiro lugar, estava com mais quinze centímetros de altura, havia "espichado", como dizia sua mãe, e às vezes sua imagem gigantesca no espelho quase o assustava. Lembrava-se com incrédula admiração da criança que fora, a criança que havia fervido frutos e folhas numa panela, que criara camundongos brancos numa gaiola e larvas de esfingídeos numa caixa. Entrara na adolescência e não era mais uma criança.

Talvez fosse sua altura que causou diretamente o drama – "decididamente o pior dia da minha vida", como disse Rosamund – ou talvez a cirurgia da sra. Hodges, ou até mesmo o fato de que, excepcionalmente, o Instituto Feminino se reuniu numa terça em vez de numa quarta. Poderia ter sido qualquer um desses fatores, mas, acima de tudo, aconteceu o que aconteceu porque Mirabel era inevitavelmente e invariavelmente Mirabel.

Os moradores de Ewes Hall Farm sabiam muito pouco a respeito da vida dela, já que raramente a viam. Foi uma surpresa para Elizabeth descobrir que a sra. Hodges há muito tempo vinha tomando conta de Oliver tanto em Sindon Lodge quanto em sua própria casa. Foi a filha da sra. Hodges quem lhe contou, dizendo também que sua mãe passaria três semanas no hospital para fazer uma histerectomia e não se sabia mais quantas outras convalescendo. Mirabel ia ter que procurar uma babá noutro lugar.

Recorreu – como eles talvez imaginassem que ela faria – aos Fyfield.

Apresentando-se na soleira da casa dos Fyfield com Oliver num braço e uma pesada cesta de compras na outra, cumprimentou a mãe de James com um sorriso cativante e nervoso. Era exatamente como no ano anterior, só que Oliver agora já era um garotinho e não mais um bebê. James, em casa para passar as longas férias de verão, ouviu-a suspirar de desespero e irromper numa longa desculpa por haver "se esquecido" deles por tanto tempo. A verdade era que estava noiva e ia se casar. Elizabeth não sabia disso?

– Espero que você seja muito feliz, Mirabel.

– Gilbert vai ser um pai maravilhoso – disse Mirabel. – Quando eu comparo ele com aquele imbecil, estúpido e imaturo, aquele Francis, eu fico... ora, bem, isso são águas passadas agora. De qualquer forma, Elizabeth, o que eu vim lhe perguntar é se você acha que o James ou a Rosamund tomariam conta do Oliver para mim. Eu pagaria o preço de mercado, o mesmo que eu pagava a sra. Hodges. É que é péssimo para mim nunca poder sair com o meu noivo, e logo amanhã devo ser apresentada aos pais dele. Bem, eu não posso levar uma criança da idade do Oliver a um jantar, posso?

– Rosamund, nem pensar – disse a mãe de James, e num tom não muito simpático. – Ela só tem onze anos. Eu não poderia deixar ela tomar conta de Oliver.

– Mas James poderia, não? Ele está tão alto, até parece um adulto. E de qualquer forma o James é incrivelmente maduro.

Ela não contestou esta afirmação. Deu um daqueles seus suspiros que teriam impedido James de pedir qualquer outra coisa. Mas não fez qualquer efeito sobre Mirabel.

– Só desta vez. A partir de amanhã eu vou ficar em casa como uma boa mãe e daqui a um mês a sra. Hodges vai estar de volta. Só de sete até as... onze horas, o mais tardar.

– Eu fico com o Oliver – disse a mãe de James.

Apesar disso, as garantias de Mirabel não deram em nada, visto que, em vez de ficar em casa com Oliver, apareceu em Ewes Hall Farm três dias depois, desta vez para deixá-lo com eles enquanto ia fazer compras com a mãe de Gilbert. Demorou horas. Oliver ficou com enjoo de tanto comer balas puxa-puxa que achara no quarto de Rosamund, arrancou seis plantas dos vasos e arrancou-lhes as folhas antes que James o impedisse.

Da próxima vez, a mãe de James disse que iria fincar pé. Ela já havia prometido ficar com o Oliver no próximo sábado à noite. Isso, ela faria, e seria a última vez. E esta decisão ganhou força depois que Mirabel só voltou para casa à uma e meia da madrugada de domingo. Ela teria falado francamente com Mirabel, disse Elizabeth à família durante o desjejum, mas Gilbert Coleridge estava lá, e ela não quisera embaraçar Mirabel na frente dele.

Na terça, dia para o qual o Instituto Feminino transferira sua reunião, o tempo bom mudou de repente com uma tempestade que pela tarde havia dado lugar a uma chuva fina. James estava passando o dia dando uma geral na caixa de Pandora. Já lhe haviam dito muitas vezes para fazer aquilo, e ele tencionara fazê-lo, mas quem ficaria dentro da casa num quarto abafado com o sol brilhando e a temperatura beirando os trinta graus? Aquela terça estava um dia muito apropriado para jogar fora livros que já não interessavam mais, aquários, gaiolas e vidros que já não tinham mais nada dentro, para jogar fora coleções que haviam se transformado em caixas cheias de porcarias, para dar uma limpeza geral no caminho para a maturidade.

Ao tirar os livros da prateleira de cima, deu com um objeto de cuja existência ele quase se esquecera – o vidro com o rótulo *Datura stramonium*. Essa era uma coisa que ele jogaria fora sem hesitar. Olhou para o vidro com curiosidade, para o fluido marrom-esverdeado que ele continha e que parecia haver assentado no fundo e ficado mais claro nos últimos meses. Por que ele preparara aquilo, e para quê? Em outra época, achava que poderia ter sido um alquimista ou um feiticeiro, e sacudiu a cabeça pesaroso pelo James imaturo que não existia mais.

Muitos daqueles livros não tinham mais interesse para ele. Eram coisas de criança. Começou a separá-los em duas pilhas, uma de "quero" e a outra de "não quero", no chão. Palmerston estava sentado no peitoril da janela observando-o, olhos amarelos que não piscavam no meio de uma cara redonda e cinzenta. Ainda bem, pensou James, que havia parado de criar camundongos antes que Palmerston viesse morar com ele. Talvez conseguisse vender a gaiola. Havia alguém em sua turma da escola que criava *hamsters* e que andava falando em arrumar outra gaiola. Não custava ligar para ele.

James desceu as escadas, foi até a sala de estar e pegou o telefone para ligar para Timothy Gordon; o telefone estava mudo. Não dava sinal, só um silêncio interrompido por estalidos e crepitações ocasionais. Ele ia ter que subir a rua até o telefone de emergência da estrada e chamar a telefônica, mas não agora, mais tarde. Estava chovendo torrencialmente.

Quando estava atravessando o corredor e já quase chegara ao pé da escada, a campainha da porta da rua tocou. Sua mãe havia dito alguma coisa a respeito da roupa que devia vir da lavanderia. James abriu a porta distraído, pronto a inclinar a cabeça cumprimentando o homem e pegar a cesta de roupa limpa, e viu, em vez disso, Mirabel.

O carro dela estava estacionado na entrada da garagem e, olhando pela janela da frente, Oliver, mascando alguma coisa, seus dedos cobrindo o vidro com alguma coisa grudenta. Mirabel estava toda bem vestida, no capricho, como teria dito tia Julie, e com uma roupa muito pouco adequada para o tempo que estava fazendo, uma roupa plissada, de um tecido creme com contas em torno do pescoço, duas ou três echarpes de *chiffon;* meias cor-de-rosa e sapatos creme que eram só tiras, finas como barbantes.

– Ah, James, você vai ser bonzinho e ficar com o Oliver para mim só esta tarde, não vai? Você não vai estar sozinho, a Rosamund está em casa, eu a vi olhando pela janela do quarto dela. Eu tentei telefonar para cá mas o seu telefone não está funcionando.

Mirabel disse isto num tom acusativo, como se o próprio James houvesse quebrado o telefone de propósito. Ela estava meio ofegante e parecia estar com pressa.

– Por que não pode levar ele com você? – disse James.

– Por que, se você quer saber, Gilbert vai me comprar um presente muito especial e importante e eu não posso levar uma criança comigo.

Rosamund, pensando que estava acontecendo alguma coisa interessante, apareceu na curva da escada.

– É só a Mirabel – disse James.

Mas Mirabel aproveitou a oportunidade, enquanto a atenção dele estava voltada para a irmã, para correr até o carro – e no caminho respingar de chuva toda a sua elegância – e pegar Oliver, todo lambuzado.

– Você não gostaria de ficar com o James e a Rosamund, benzinho?

– Nós temos mesmo que ficar com ele? – perguntou Rosamund, descendo as escadas e olhando para Oliver de um jeito que demonstrava inequivocamente tamanha aversão que até Mirabel vacilou. Vacilou, mas não desistiu. De fato, mantendo a boca suja de Oliver bem afastada de seu vestido, empurrou Oliver para James e James não teve outra saída a não ser segurá-lo. Oliver imediatamente começou a choramingar e esticar os braços na direção da mãe.

– Não, benzinho, mais tarde você fica com a mamãe. Agora preste atenção, James. A filha da sra. Hodges vem buscar ele às cinco e meia, que é quando ela sai do trabalho. Ela vai levar ele para a casa dela e eu vou buscá-lo lá quando voltar para casa. E agora eu tenho que ir voando porque vou encontrar o Gilbert às três.

– Puxa! – explodiu Rosamund quando o carro saiu da entrada da garagem.

– É o fim! Imagine só, ficar com esse estorvo. E eu que ia fazer meu trabalho de artes das férias.

– Eu ia dar uma geral no meu quarto, mas não adianta nada ficar se lamentando. Ele está aqui e pronto.

Assim que a porta se fechou Oliver começou a choramingar.

– Se não estivesse chovendo a gente podia ficar no quintal. A gente podia levar ele para dar uma volta.

– É, mas está chovendo – disse James. – E onde a gente ia carregar ele? Na cesta com rodas da mamãe? No carrinho de mão? Caso você não tenha notado, a Mirabel não lembrou de trazer o carrinho dele. Vamos levar ele para a cozinha. A melhor coisa para se fazer com ele é dar comida para ele. Ele fica quieto quando está de boca cheia.

James achou um pacote de biscoitos na dispensa, daqueles com cobertura de chocolate, e deu um para Oliver. Oliver sentou-se no chão, comeu-o e jogou pelo chão pedacinhos da embalagem. Depois, abriu o armário da cozinha e começou a tirar todas as panelas, frigideiras, o coador e as peneiras, sujando de chocolate todo o revestimento de fórmica branca da porta. Rosamund limpou a porta, depois limpou o menino, o que fez com que ele choramingasse e tentasse bater nela com os punhos. Depois que as panelas estavam espalhadas pelo chão, Oliver abriu todas as gavetas, uma por uma, e tirou todos os talheres, os raladores de queijo, os descascadores de batata, os panos de prato e os espanadores.

James ficou observando, desanimado. – Li em algum lugar que uma criança de dois anos, até mesmo uma com um QI bem alto, nunca consegue se concentrar numa mesma coisa por mais do que dezenove minutos de cada vez.

– E o Oliver ainda não tem dois anos e não creio que o QI dele seja lá essas coisas.

– Exatamente – disse James.

– Anja – disse Oliver, e saiu chutando facas e garfos do caminho, veio até James e ficou batendo nele com uma colher de pau. – Anja.

– O que ele ia querer com um anjo? – disse Rosamund.

– Ele não deve estar dizendo anjo. Deve ser outra coisa, só que a gente não entende o que é.

– Anja! Anja! Anja!

– Se a gente morasse em Londres, a gente podia levar ele para passear de ônibus. A gente podia levar ele ao zoológico.

– Se a gente morasse em Londres – disse James –, a gente não estaria tomando conta dele. Quer saber de uma coisa? Acho que ele vai gostar da televisão. Mirabel não tem televisão.

Pegou Oliver no colo e levou-o para a sala. A mobília da sala era de couro marrom-escuro e não ficaria manchada, de modo que parecia sensato dar-lhe outro biscoito. James ligou a televisão. Naquela hora do dia não havia muita coisa de interesse para ninguém, quanto mais para alguém da idade de Oliver, apenas um seriado sobre pessoas trabalhando num aeroporto. Oliver, no entanto, parecia fascinado com as cores e o movimento, e James enfurnou-o numa poltrona e, consideravelmente aliviado, deixou-o lá.

Havia um bocado de coisas para limpar na cozinha. Oliver manchara de marrom duas toalhas de mesa, e James teve que lavar as facas e os garfos. Rosamund (como sempre, pensou ele) sumira. Provavelmente voltara para seu trabalho de artes, alguma colagem com flores secas. Colocou todas as panelas de volta e arrumou as gavetas tal que pareciam estar do jeito que estavam antes da violenta investida de Oliver. Aí achou que era melhor voltar para a sala e ver como estava o Oliver.

A sala estava vazia. Logo James viu por quê. O seriado havia terminado e as brilhantes figuras em movimento, as vozes e a música haviam sido substituídas por um senhor de idade, de óculos, dissertando sobre física molecular. Oliver não estava em lugar algum no andar de baixo. James não havia imaginado que ele soubesse subir escadas, mas era evidente que sabia. Ele era um garotão forte que já estava andando há meses.

James subiu, chamando por Oliver. Era só três e quinze e sua mãe só voltaria da reunião depois das quatro e meia. A chuva estava mais forte agora, e a casa estava bem escura. James se deu conta pela primeira vez de que deixara a porta de seu quarto aberta. Ele a deixara aberta – porque Palmerston estava lá dentro – quando descera para ligar para Timothy Gordon a respeito da gaiola e aí Mirabel chegara. Tudo parecia ter acontecido há horas, mas fazia apenas uns quarenta minutos.

Oliver estava no quarto de James. Estava sentado no chão com o vidro de *Datura* vazio nas mãos, e dos cantos de sua boca escorria um fio de um líquido marrom.

James já lera sobre pessoas que ficavam petrificadas, e foi exatamente isso o que aconteceu naquele momento. Ele parecia estar grudado no chão. Olhou espantado para Oliver. Dentro dele parecia haver um caroço duro que inchava e latejava. Era seu coração, batendo tão forte que chegava a doer.

Obrigou-se a se mexer. Tirou o vidro de Oliver e automaticamente, sem saber por que, lavou-o na pia.

Oliver olhava para ele em silêncio. James atravessou o corredor e bateu na porta do quarto de Rosamund.

– Pode vir aqui, por favor? Oliver bebeu um vidro de veneno. Um quarto de litro, mais ou menos.

– O *quê*?

Ela saiu do quarto. Olhou para ele de boca aberta. Ele explicou rápida e concisamente, em duas frases.

– O que a gente vai fazer?

– Chamar uma ambulância.

Ela ficou parada na porta do quarto, atenta a Oliver. Ele estava com o punho nos olhos, esfregando-os e fazendo barulhinhos de irritação.

– Você acha que a gente devia tentar fazer ele vomitar?

– Não. Vou telefonar e pedir uma ambulância. A culpa é minha. Eu devia estar louco quando preparei esse troço, e mais ainda quando guardei. Se ele morrer... Ah, não, Rosamund, a gente não pode telefonar! O telefone não está funcionando. Eu tentei ligar para o Tim Gordon, mas o telefone estava mudo e aí eu ia até o telefone de emergência da estrada para notificar a telefônica.

– Vai até lá agora, então.

– Isso significa que você vai ter que ficar com ele.

Os lábios de Rosamund tremeram. Olhou para o garotinho, que agora estava deitado no chão com os olhos bem abertos e polegar na boca. – Eu não quero ficar. E se ele morrer?

– Vai você – disse James. – Eu fico com ele. Vai até o telefone de emergência e disca nove-nove-nove para chamar a ambulância e depois vai buscar a mamãe no salão de reuniões. Certo?

– Certo – disse Rosamund, e foi embora com as lágrimas correndo pelo rosto.

James pegou Oliver e deitou-o suavemente na cama. O garoto estava transpirando, mas isso podia ser apenas porque ele estava com calor. Mirabel havia posto roupas quentes demais para aquela época do ano; um casaco de malha de lã por cima de um suéter e uma camiseta. Ele estava é com sede, é claro. Era isso que "anja" queria dizer. Anja de laranja. Suco de laranja. Será que havia alguma possibilidade da *Datura* haver perdido sua toxicidade desde a época que a preparara, um ano antes? Ele honestamente não acreditava nisso. Lembrava-se de haver lido em algum lugar que o veneno era resistente à desidratação e ao calor; assim, era provável que também fosse resistente ao tempo.

Agora os olhos de Oliver estavam fechados e ele perdera um pouco daquela cor rosada que havia em seu rosto enquanto via televisão. Suas bochechas cheinhas pareciam de cera. De qualquer maneira, não parecia estar sofrendo, embora houvesse gotas de suor brilhando em sua testa. James perguntou a si próprio novamente por que fora tão idiota de guardar aquilo. Uma hora antes ele estivera a ponto de jogar aquilo fora, e no entanto não o fizera. Era inútil lamentar-se, "especular sobre o passado", como dizia seu pai.

James estava especulando sobre o futuro, não sobre o passado. Subitamente percebeu que se Oliver morresse ele seria tão culpado, ou quase, quanto se houvesse atirado nele com a espingarda de caça de seu pai. E toda a sua vida, todo o seu futuro, estariam arruinados. Porque ele nunca se perdoaria, nunca se recuperaria, nunca passaria de um derrotado. Teria que se esconder, viver em alguma parte remota do país, frequentar outra escola, e quando saísse da tal escola, arranjaria algum emprego medíocre e viveria para sempre assustado e atormentado. Todos os seus sonhos estariam perdidos, o sonho de ir para Oxford, de trabalhar em alguma instituição de pesquisa, sonhos de felicidade, realização e sucesso. Ele não estava exagerando, ele sabia que seria assim. E Mirabel...? Se sua vida estaria arruinada, e a dela, então?

Ouviu a porta da frente abrir e sua mãe subir as escadas correndo. Ele estava sentado na cama, observando Oliver, e virou-se lentamente.

– Oh, James...!

E James, como um homem maduro, como um homem do triplo da idade dele, disse:

– Não há nada que você possa me dizer que eu já não tenha dito a mim mesmo.

Ela tocou em seus ombros.

– Eu sei disso – disse ela. – Eu conheço você. – Seu rosto estava pálido, os lábios também, tanto de raiva quanto de medo. – Como ela teve a coragem de trazer Oliver para cá e deixá-lo com duas *crianças*?

James não estava com ânimo de sentir-se ofendido.

– Ele está... está morrendo?

– Está dormindo – disse sua mãe e botou a mão na testa de Oliver. Estava bem fresquinho, o suor havia secado. – Pelo menos, suponho que esteja. Que eu saiba, podia estar em coma.

– Para mim, se ele morrer, é o fim.

– James, oh, James... – E fez uma coisa que não fazia há muito tempo. Passou os braços em torno dele e apertou-o para junto dela, embora ele fosse meia cabeça mais alto do que ela.

– A ambulância chegou – disse James. – Estou ouvindo a campainha.

Dois homens subiram a escada para pegar Oliver. Um deles embrulhou-o num cobertor e carregou-o nos braços. Rosamund estava sentada no corredor com Palmerston no colo e chorava em silêncio abraçada a ele. Era penoso deixá-la ali, mas alguém tinha que ficar em casa esperando pela filha da sra. Hodges. James e a mãe entraram na ambulância e foram com Oliver para o hospital.

Tiveram que ficar sentados numa sala de espera enquanto os médicos atendiam Oliver – provavelmente fazendo uma lavagem estomacal. Depois, dois médicos, um jovem negro e um velho branco, vieram até eles e fizeram a James uma série de perguntas. O que exatamente era a substância que Oliver havia bebido? Quando fora preparada? Que quantidade havia no vidro? E milhares de outras mais. Não foram nada cordiais com James, e ele teve vontade de tergiversar. Seria tão fácil dizer que não sabia o que exatamente era a substância, que havia cozido os estramônios para fazer uma tintura verde, ou qualquer coisa assim. Mas na hora H não conseguiu. Teve que contar a verdade nua e crua, teve que dizer que preparara o veneno sabendo que poderia ser mortal.

Depois que os médicos se foram, houve uma longa espera durante a qual nada aconteceu. A filha da sra. Hodges já devia ter chegado àquela altura, e o pai de James já teria chegado em casa do local onde estava ensinando num seminário de verão. Deu cinco e meia, seis horas, e uma enfermeira levou-lhes uma xícara de chá. Depois, mais um período de espera. James pensou que, acontecesse o que acontecesse com ele no futuro, nada poderia ser pior do que aquelas horas passadas na sala de espera. Um pouco antes das sete o médico jovem voltou. Parecia achar que a mãe de James fosse a mãe de Oliver, e quando se deu conta que ela não o era, apenas deu de ombros e, como se não fosse possível que eles estivessem assim tão ansiosos, como se para eles aquilo não tivesse muita importância, disse:

– Ele vai ficar bem. Vocês não precisam mais ficar aqui esperando.

A mãe de James levantou-se de um pulo dando um gritinho:

– Ele está bem? Ele está bem, mesmo?

– Perfeitamente, até onde podemos ver. O conteúdo do estômago está sendo analisado. Mas ele vai passar a noite aqui, só para confirmar.

Toda família Fyfield ficou acordada, esperando por Mirabel. Iam esperar por mais tarde que ela chegasse, mesmo se ela só viesse depois das duas da madrugada. Colocaram um bilhete na caixa de correio de Sindon Lodge informando-a do que acontecera e dizendo que telefonasse para o hospital.

James estava se preparando para uma cena. Voltando do hospital, sua mãe lhe dissera que devia estar preparado para as coisas muito desagradáveis que Mirabel poderia lhe dizer. As mulheres que impingiam seus filhos a qualquer um e muitas vezes pareciam ser indiferentes a eles eram as que ficavam mais histéricas quando seus filhos estavam em perigo. Ela achava que era sentimento de culpa. Mas James achava que Mirabel tinha todo direito de se enfurecer se quisesse, pois, embora Oliver não houvesse morrido nem fosse morrer, poderia facilmente ter morrido. Só estava vivo porque haviam tirado aquela substância mortal de dentro dele bem depressa. Mirabel não conseguiria ligar para Ewes Hall Farm porque o telefone ainda não estava funcionando. Lá pelas dez horas todos beberam café e o pai de James, que vasculhava seu quarto para se certificar que não havia mais vidros assassinos, e que lhe fizera um sermão, duro mas justo, a respeito da responsabilidade, serviu-se de um uísque.

O Volvo amarelo entrou na entrada da garagem às vinte para a meia-noite. James ficou firme e manteve a calma do jeito que resolvera fazer, enquanto seu pai foi abrir a porta. Ficou esperando ouvir um grito ou um soluço. Rosamund havia posto os dedos nos ouvidos.

A porta da frente se fechou e ouviram passos. Mirabel entrou, sorrindo. Havia um enorme diamante no dedo médio de sua mão esquerda. A mãe de James levantou-se e foi até ela. Segurou-lhe as mãos e olhou nos olhos de Mirabel.

– Você encontrou nosso recado? É claro que encontrou. Mirabel, nem sei o que dizer...

Antes que Mirabel pudesse dizer qualquer coisa o pai de James entrou na sala com o homem com quem Mirabel ia se casar, um homenzarrão com jeito de urso de pelúcia e com os bigodes virados para baixo. James viu-se apertando a mão dele. Estava tudo muito diferente do que ele estava esperando. E Mirabel era toda sorrisos, etérea e feliz, exibindo o anel de noivado em sua mãozinha miúda.

– O que eles disseram quando você ligou para o hospital?

– Não liguei.

– Você não ligou? Mas você...

– Eu sabia que ele estava bem, Elizabeth. Eu é que não ia querer fazer o papel ridículo de dizer para eles que o Oliver havia bebido um copo de água colorida, ia?

James olhou para ela espantado. E subitamente a expressão de alegria sumiu do rosto dela, assim que percebeu o que havia dito. Levantou a mão para cobrir a boca e seu rosto ficou cheio de placas vermelhas escuras. Deu um passo para trás e segurou o braço de Gilbert Coleridge.

– Infelizmente você está subestimando a competência do meu filho em toxicologia – disse o pai de James. Mirabel abaixou a mão, deu uma expressão séria ao rosto e disse que deviam sem dúvida voltar para casa dela para ela poder ligar para o hospital imediatamente.

James então se deu conta. Compreendeu. Parecia que a sala estava rodando lentamente em torno dele, balançando para cima e para baixo. Ele sabia o que Mirabel havia feito, e embora isso não fosse ser o fim para ele, nem fosse acabar com sua vida, nem prejudicar seu futuro, aquilo ia ficar com ele por toda a vida. E, olhando nos olhos de Mirabel, viu que ela sabia que ele sabia.

Mas agora estavam voltando para a porta em meio a uma profusão de desculpas, muito-obrigados e boas-noites, e a sala já voltara a sua aparência e equilíbrio normais. Com sua voz falhando pela primeira vez, James disse para Mirabel: – Boa noite. Que burrice, a minha.

Ela entenderia o que ele queria dizer.

May e June

Seus pais lhes haviam dado os nomes de May e June por haverem nascido em maio e junho. Uma terceira filha, nascida em abril, fora batizada de Avril, mas já morrera. May era como a época do ano em que nascera, mutável, alternadamente meio fria e cálida, taciturna mas capaz de reconhecer e demonstrar uma graça que não poderia durar.

Na década de trinta, quando May estava com vinte e poucos anos, dava-se muita importância a casar bem as filhas e, embora quanto a este aspecto a sra. Thrace não se preocupasse com a radiante June, era menos otimista em relação a May. Sua filha mais velha não era bonita, nem graciosa nem inteligente, e nenhum homem jamais olhava duas vezes para ela. June, evidentemente, tinha uma fila de admiradores. Então May conheceu um jovem advogado num chá dançante. Chamava-se Walter Symonds. Era muito bem apessoado, seu pai era rico e lhe dava uma mesada generosa; não havia dúvida de que ele pertencia a uma classe social mais alta do que a dos Thrace. May apaixonou-se perdidamente por ele, mas ninguém ficou mais surpreso do que ela quando ele a pediu em casamento.

A força da paixão de May assustava a sra. Thrace. Não era de bom-tom. A expressão de seu rosto enquanto esperava a chegada do noivo, o calor com que o recebia, o desejo em seu olhar – esse tipo de coisa ficava muito bem no cinema, mas não caía bem na filha de um funcionário público de um subúrbio elegante.

Em pouco tempo ela ficara quase bonita. – Vou me casar com ele – disse ela quando lhe chamaram a atenção.

– Ele quer que eu o ame, não quer? Ele me ama. Por que eu não deveria demonstrar o meu amor?

June, que além de bonita era inteligente, estava na faculdade, estudando para ser professora. Haviam concluído, muito antes do surgimento de Walter Symonds, que era mais sensato manter May em casa. Ela não tinha qualquer habilidade em especial para coisa alguma e era útil à sua mãe em casa. Agora, é claro, via-se que tinha aptidão para agarrar marido rico, bonito e bem-sucedido. Então, um mês antes do casamento, June veio passar as férias de verão em casa.

Foi um grande azar, disse a sra. Thrace várias vezes. Se Walter Symonds houvesse rompido o noivado por causa de alguma moça que eles não conhecessem, teriam ficado muito indignados, até mesmo furiosos, e o sr. Thrace teria sentido ímpetos antiquados de usar o chicote. Mas o que se podia dizer ou fazer se ele havia transferido sua afeição da filha mais velha para a mais moça?

May gritou, chorou e tentou atacar June com uma faca. – Todas nós estamos com muita pena de você, querida – disse a sra. Thrace –, mas o que a gente pode fazer? Você não iria querer se casar com um homem que não a ama, iria?

– Ele me ama, me ama, sim! É só porque ela é bonita. Ela o enfeitiçou. Eu queria que ela morresse, aí ele ia me amar de novo.

– Não fale assim, May. Isso é muito doloroso, mas você tem que encarar o fato de que ele mudou de ideia. Não é melhor descobrir agora do que mais tarde?

– Eu teria dormido com ele – disse May.

A sra. Thrace ruborizou-se. Estava chocada.

– Agora eu nunca mais vou me casar – disse May. – Ela arruinou a minha vida e nunca mais eu vou ter coisa alguma.

Walter e June casaram-se e o pai de Walter comprou-lhes uma boa casa em Surrey. May ficou em casa, sendo útil à mãe. Veio a guerra. Walter imediatamente alistou-se no exército, onde logo chegou a capitão, major e finalmente a coronel. May também foi para o exército, onde permaneceu como soldado raso por cinco anos, servindo num departamento de provisões. Depois, não houve outro jeito senão voltar para a casa dos pais.

Jamais perdoou a irmã.

– Ela roubou o meu marido – disse ela para a mãe.

– Ele não era seu marido, May.

– Quase. A senhora não iria perdoar um ladrão que entrasse na sua casa e roubasse tudo de mais precioso que a senhora tivesse.

– Nós temos que perdoar aqueles que nos ofendem do mesmo jeito como esperamos ser perdoados.

– Não sou religiosa – disse May, e nas ocasiões em que os Symonds vinham à casa dos Thrace ela tratava de sair. Mas sabia de tudo a respeito deles – tudo, quer dizer, menos uma coisa.

O sr. e a sra. Thrace tomavam muito cuidado de nunca falar de June na presença dela; assim, May ouvia atrás das portas e lia em segredo todas as cartas de June para a mãe. Toda vez que o nome de Walter era pronunciado ou mencionado numa carta, ela estremecia e se arrepiava de dor. Sabia que haviam se mudado para uma casa muito maior, que estavam fazendo uma coleção de móveis e de quadros. Sabia para onde eles iam nas férias e que amigos recebiam. Mas o que ela nunca conseguiu descobrir foi o que Walter sentia por June. Será que a amava de verdade? Teria se arrependido de sua escolha? May achava que talvez, depois que o primeiro arroubo de paixão arrefecera, ele houvesse passado a sentir saudades de seu primeiro amor, tanto quanto ela sentia dele. Já que ela nunca os via, nunca poderia saber, pois, quaisquer que fossem os sentimentos de Walter, ele não poderia separar-se de June. Quando se faz o que ele havia feito, não se pode trocar novamente. Tem-se que aguentar tudo até a morte.

O que lhe dava forças, talvez a única coisa que lhe dava forças para viver, era a convicção de que Walter se arrependera da troca. Se tivesse havido filhos, o que os vitorianos chamavam de penhor do amor...

Às vezes, depois de chegar uma carta de June, May percebia que sua mãe parecia particularmente contente e satisfeita. E aí, cheia de apreensão, lia a carta, morrendo de medo de descobrir que June estava grávida. Mas o contentamento e a satisfação da sra. Thrace deviam ter outra origem, o relato da última façanha de Walter nos tribunais ou a última festa de June, porque não houve filhos e agora June já estava passando dos quarenta.

Sem qualquer especialização, May trabalhava como supervisora de cantina de um albergue para mulheres. Continuou a morar com os pais até a morte deles. Morreram com um intervalo de seis meses; a sra. Thrace em março e o viúvo em agosto. E foi assim que May reviu Walter.

Quando sua mãe foi cremada, May estava com uma virose e não pôde comparecer ao funeral. Mas não teve como esquivar-se do funeral do pai. Quando viu Walter entrando na igreja sentiu uma fraqueza e, toda trêmula, apoiou-se no banco da igreja. Cobriu o rosto com as mãos para fingir que estava rezando, e quando finalmente tirou as mãos do rosto ele estava ao lado dela. Walter segurou suas mãos e olhou-a no rosto. Os olhos de May se encontraram com os dele, azuis e irresistíveis como sempre, e ela, angustiada, percebeu que sua aparência não sofrera com o tempo, muito pelo contrário, ficara ainda mais distinto. Ela queria ter morrido ali mesmo, segurando a mão dele e olhando no rosto de Walter.

– Você não vem falar com sua irmã, May? – disse Walter com sua voz grave que seduzia júris, infundia terror nas testemunhas e conquistava mulheres. – Hoje é um dia muito triste, por que não esquecemos o que passou?

May teve calafrios. Tirou sua mão e foi a passo firme para o fundo da igreja. Ficou o mais longe possível de June, mas não tão longe que não pudesse observar que foi June quem pegou no braço de Walter e não o contrário, June quem procurou consolo em Walter enquanto o rosto dele permanecia sério e impassível, June que se apoiou nele enquanto que ele apenas consentiu que ela o fizesse. Não era possível que ele estivesse se comportando daquele jeito só porque ela, May, estava lá. Ele devia odiar e desprezar June do mesmo jeito que ela, de todo o coração, ainda a odiava e desprezava.

Mas foi num funeral que elas se reconciliaram. May soube da morte de Walter através dos jornais. Sofreu tanto quanto quando sua mãe lhe contara que ele tencionara casar-se com June. Mandou flores, uma coroa enorme de rosas brancas que lhe custaram a metade do que ganhava por semana. Certamente iria ao funeral, independente de June desejar ou não que ela fosse.

Aparentemente June realmente queria que ela fosse. Talvez achasse que as rosas eram para a consternada viúva e não para o morto. Aproximou-se de May, abraçou-a e botou a cabeça, cheia de dor e desespero, nos ombros da irmã. May quebrou o silêncio.

– Agora você sabe como é perdê-lo – disse ela.

– Oh, May, não seja cruel comigo agora! Não use isso contra mim agora. Seja boa para mim agora, não me restou mais nada.

Então May sentou-se ao lado de June e após o funeral foi à casa onde June vivera com Walter. Ao dizer que não lhe restara nada, June provavelmente estivera se referindo ao aspecto emocional e não a bens materiais. Com exceção de algumas mansões que visitara em excursões, May nunca vira nada parecido com o interior daquela casa.

– Vou me aposentar mês que vem – disse ela – e aí vou morar num conjugado, um apartamento de sala e cozinha.

Dois dias depois chegou uma carta de June.

"Querida May. Não fique zangada comigo por lhe chamar de querida. Você sempre foi uma das pessoas de quem mais gosto, apesar do que fiz e apesar do seu ódio por mim. Não posso lamentar o que fiz porque o que fiz me trouxe muita felicidade, mas lamento verdadeira e profundamente que você tenha sofrido com isso. E agora, May querida, quero tentar compensá-la pelo que fiz, embora eu saiba que isso não seja realmente possível, não agora, não depois de tanto tempo. Você disse que ia se aposentar e que não ia ficar morando com conforto. Você viria morar comigo? Você pode ficar com quantos quartos quiser, sinta-se à vontade para dividir tudo comigo. Você me entenderá se eu lhe disser que isto seria justo. Por favor, faça-me feliz e diga que me perdoa e que virá. Sua irmã que a adora, June."

O que fez May aceitar o convite foi June dizer que seria justo. É, seria justo que May agora pudesse ter algumas daquelas coisas boas que eram dela de direito e que June lhe havia roubado junto com seu homem. Esperou uma semana antes de responder e aí escreveu: "Querida June. O que você me sugere me parece uma boa ideia. Pensei no caso e vou morar com você. Tenho muito poucas coisas, assim a mudança não vai dar muito trabalho. Avise-me quando você quer que eu me mude. Aqui está chovendo novamente e está muito frio. May". Não havia, no entanto, menção de perdão na carta.

E no entanto May, partilhando da casa de June, estava quase disposta a perdoar. Porque estava descobrindo finalmente como fora a vida de casada de June.

– Você pode falar nele se quiser – dissera ela avidamente na primeira noite que passaram juntas. – Se isso lhe alivia, tudo bem.

– O que há para ser dito, além de que fomos casados por quarenta anos e agora ele está morto?

– Você podia me mostrar algumas das coisas que ele lhe deu.

– May pegava os enfeites, olhava para os quadros. – Ele lhe deu aquele? E esse?

– Não foram presentes. Ou ele ou eu compramos.

May não conseguia conter sua excitação. – Não sei como você não tem medo de ladrão. Esta casa parece a caverna do Aladim. Você tem muitas joias, também?

– Não muitas – disse June, constrangida.

Os olhos de May estavam fixos no anel de noivado de June, uma peça inferior com brilhantes pequenos e ouro de nove quilates, muito mais barata do que a que Walter dera a seu primeiro amor. É claro que ela ficara com o anel e Walter, embora bem de vida mesmo naquela época, não era rico o suficiente para comprar um segundo anel caríssimo menos de seis meses depois que comprara o primeiro. Mas depois, certamente...

– Eu pensava que você tinha um anel maravilhoso.

– Nenhum casamento é tão maravilhoso assim – disse June. – Não vamos mais falar nisso.

May podia ver que ela não gostava de falar naquilo. Em pouco tempo, passou a se fechar em copas à menção do nome de Walter, e guardou as fotos dele que antes ficavam sobre o piano e sobre o consolo da lareira da sala de estar. May tinha vontade de saber se Walter escrevera cartas para a esposa. Raramente haviam estado separados, naturalmente, mas seria estranho se June nunca houvesse recebido uma carta dele em quarenta anos. Na primeira vez que June saiu sozinha, May tentou abrir a escrivaninha dela. Estava trancada. As gavetas da penteadeira de June continham uns dois cartões de aniversário onde Walter rabiscara às pressas um "Com amor, Walter", e o único bilhete escrito por seu marido que June considerara que valia a pena guardar foi achado por May dentro de um livro de receitas na cozinha. Era um bilhete escrito atrás de uma conta e dizia: "Padeiro ligou. Encomendei pão branco grande para sábado".

Naquela noite May releu as duas cartas que Walter lhe mandara no período em que estiveram noivos. Cada uma começava: "May querida". Fazia anos que não olhava para elas – não havia tido coragem –, mas agora lia-as com uma satisfação tranquila. "May querida. Esta é a primeira carta de amor que escrevo. Se estiver muito ruim você pode atribuir isto à falta de prática. Sinto muitas saudades suas e lamento ter dito aos meus pais que iria ficar com eles nestas férias..." "May querida. Obrigado pelas duas cartas. Desculpe ter demorado tanto para responder, mas fico meio nervoso ao ver que minhas cartas não estão à altura das suas. Entretanto, com sorte, em breve não teremos que nos escrever mais porque não estaremos afastados. Queria que você estivesse aqui comigo..." Coitado do Walter, reservado e tímido, incapaz de expressar seus sentimentos por carta ou em pessoa. Mas pelo menos havia escrito duas cartas de amor para ela e não bilhetes a respeito de pães. May resolveu voltar a usar seu anel de noivado – no dedo mínimo, é claro, porque não passava mais pelas juntas do dedo anelar. Se June percebeu, não comentou nada.

– Foi você ou o Walter que não quis ter filhos? – perguntou May.

– Apenas não aconteceu.

– Walter *deve* ter desejado filhos. Quando ele era meu noivo a gente falava em ter três.

June parecia constrangida, mas May era capaz de ficar falando de Walter o dia inteiro.

– Ele só tinha sessenta e cinco anos – disse May. – É muito pouca idade para se morrer hoje em dia. Você não me contou do que ele morreu.

– Câncer – disse June. – Foi operado, mas não voltou à consciência.

– Como a mamãe – disse May. E se June houvesse tido câncer e morrido, o que teria acontecido, então? Lembrando-se do olhar terno e do forte aperto de mão de Walter no funeral de seu pai, May achou que ele teria se casado com ela. Rodou o anel em seu dedo mínimo. – Você era quase como uma segunda esposa, não era? Deve ser uma situação difícil.

– Eu preferia não falar nisso – disse June, e, com o lenço nos olhos, saiu da sala.

May estava feliz. Pela primeira vez em quarenta anos, estava feliz. Manteve-se ocupada pela casa, cuidando das coisas de June, tirando o pó e dando brilho, detendo-se para olhar para um quadro e refletindo que Walter devia ter olhado para ele muitas vezes. Às vezes imaginava-o sentado em sua cadeira ou de pé junto àquela janela, com o coração cheio de pesar pelo que poderia ter tido. E agora achava que enquanto ele sentia saudades dela, ela, a distância, chorava por ele. Agora não chorava mais, embora June o fizesse.

– Eu sou uma tola, não consigo me controlar. Você é tão forte, May, mas eu sou fraca e sinto muita falta dele.

– E eu, não sinto falta dele?

– Ele sempre gostou de você. Ele ficava muito chateado de pensar que você era infeliz. Sempre falava em você. – June olhava para ela, cheia de pena. – Você me perdoou, não perdoou, May?

– Para falar a verdade, perdoei – disse May. Estava meio surpresa consigo mesma mas, sim, ela havia perdoado June. – Acho que você foi punida pelo que fez. –

Um casamento sem amor, um marido que estava sempre falando em outra mulher...

– Eu fui punida – disse June, e colocou os braços em torno do pescoço de May.

A forte e a fraca. May lembrou-se destas palavras quando uma movimentação no andar de baixo acordou-a no meio da noite. Ouviu o som de passos e de uma porta sendo forçada. Era o ladrão que ela temia e contra quem havia prevenido June, mas agora June estaria se encolhendo de medo em seu quarto, incapaz de tomar qualquer atitude.

May vestiu seu penhoar e atravessou furtivamente o corredor até o quarto de June. A cama estava vazia. Olhou pela janela e a luz do luar permitiu-lhe ver que havia um carro, parado na entrada de cascalho virado para a rua. Uma luz mais forte, amarelada, saía pela janela da sala de estar. Sentiu um calafrio de medo, mas sabia que precisava ser forte.

Antes que chegasse ao topo da escada ouviu um barulho muito forte como se alguma coisa muito pesada e frágil houvesse sido atirada contra a parede. Veio um grito do andar de baixo, e o som de pés correndo. May chegou na escada a tempo de ver um vulto franzino atravessar o vestíbulo e sair batendo a porta da frente. O carro deu a partida e foi embora.

Em sua fuga ele havia deixado um rastro de sangue. May seguiu o rastro até a sala. June estava em pé junto à escrivaninha, que havia sido arrombada e sobre a qual estava espalhado o que havia dentro dela. Ela estava toda trêmula, chorando e rindo histericamente, apontando para os cacos de vidro que estavam por toda parte.

– Joguei a garrafa de licor em cima dele. Acertei nele, a garrafa cortou a cabeça dele e ele fugiu.

May aproximou-se dela. – Você está bem?

– Ele nem encostou em mim. Apontou aquele revólver para mim quando entrei, mas eu nem liguei. Foi insuportável ver ele mexendo na minha escrivaninha, pegando em todas as minhas coisas íntimas. Eu não fui valente? Não levou nada, só umas pecinhas de prata. Eu bati nele, ele ouviu você vindo e fugiu em pânico. Eu não fui valente, May?

Mas May não estava ouvindo. Estava lendo a carta aberta e exposta por cima da pilha de papéis que o ladrão havia arrancado da escrivaninha. A letra nítida de Walter saltava à vista, embota estivesse enfraquecida, debilitada por sua doença. "Minha adorada. Faz só um minuto que você saiu da enfermaria, mas mesmo assim eu tenho que lhe escrever. Não posso resistir ao impulso de escrever-lhe agora e dizer o quanto você me fez feliz em todos esses anos que estivemos juntos. Se acontecer o pior, querida, e eu não sobreviver à operação, quero que você saiba que você foi a única mulher que eu amei..."

– Nunca imaginei que teria coragem – disse June –, mas talvez a arma não estivesse carregada. Ele era só um menino. Você chama a polícia, por favor, May?

– Sim – disse May. E pegou o revólver.

A polícia chegou em quinze minutos. Trouxeram um médico, mas June já estava morta, com um tiro à queima-roupa no coração.

– Nós vamos agarrá-lo, srta. Thrace, não se preocupe – disse o inspetor.

– É uma pena que a senhorita tenha pego no revólver. Fez isso sem pensar, não foi?

– Foi o choque – disse May. – Nunca havia levado um choque assim, pelo menos desde que era moça.

O diabo acha ocupação para as mãos dos ociosos, como a sra. Gibson costumava dizer para a filha, e Alice descobrira que, no seu caso, o diabo ou suas próprias compulsões interiores misteriosas induziam-na à violência. Quando criança ela batia em quem a irritava, e aos quatorze anos atacou a irmã com uma faca, embora não a ferisse. Mas se suas mãos sentiam comichões de ferir, também eram mãos prendadas, e à medida que aprendia a ocupá-las com trabalhos manuais o impulso para a violência diminuiu. Ou foi sublimado, como aprendeu a dizer quando começou o curso de enfermagem.

Apenas sua mãe se opusera à escolha de carreira de Alice. Talvez sua mãe fosse a única pessoa que a compreendia. Mas as objeções dela foram rejeitadas pelo pai de Alice, pela diretora da escola, pelo orientador vocacional da escola e pela própria Alice. E certamente Alice foi bem-sucedida. Não aconteceu qualquer incidente deplorável do tipo que a sra. Gibson temia.

É claro que em sua nova vida tivera que abandonar os trabalhos manuais. Não se pode guardar um tear ou uma roda de oleiro no quarto do alojamento das enfermeiras. E houve muitas ocasiões em que Alice saía do serviço exausta, não tanto de levantar pacientes, fazer camas e ficar correndo para lá e para cá, quanto de exercer um férreo autocontrole. O impulso de bater, beliscar ou de algum outro modo maltratar um paciente que a irritava tinha que ser constantemente sufocado.

Aí a moça com quem dividia o quarto voltou depois

dos dois dias de folga usando um casaco até o joelho de lã branca.

– Adorei seu casaco – disse Alice. – É fantástico. Deve ter custado os olhos da cara.

– Fui eu que fiz – disse Pamela.

– Você *fez*? Quer dizer que você tricotou?

– Não foi muito difícil e só levou três semanas.

Alice nunca havia pensado em fazer tricô. Tricô era coisa de avó, de tia ou de mulher grávida fazendo o enxoval do bebê. Mas se Pamela podia fazer o casaco, que não tinha nada a ver com tias nem parecia enxoval de bebê, ela tinha certeza de que ela também podia. E poderia resolver aquele seu problema que ultimamente ficara tão premente que estava com medo de ter que abandonar o curso antes de terminá-lo.

Fazer tricô é melhor do que costurar ou tecer, na medida em que requer basicamente apenas um novelo de lã e um par de agulhas. Pode-se fazer tricô no intervalo para o almoço, no trem, durante o plantão da noite. Acalma os nervos, ocupa as mãos, serve de terapia – e abastece o guarda-roupa. Alice começou a fazer tricô com entusiasmo e descobriu que, por causa de sua ubiquidade e por poder ser retomado a qualquer momento de folga, servia mais a seus propósitos do que qualquer outro dos trabalhos manuais que já fizera.

Ela progrediu na carreira, tornou-se enfermeira do *staff* do hospital, chefe das enfermeiras e, aos trinta anos, já estava encarregada da enfermaria dos homens do Hospital Militar São Gregório, para oficiais. Foi lá, três ou quatros anos mais tarde, que pôs os olhos pela primeira vez em Rupert Clarigate, que fora internado após um ataque cardíaco.

Rupert Clarigate estava com cinquenta e dois anos na época de sua trombose coronariana. Era solteiro, pedira reforma do exército dois anos antes com a patente de tenente-coronel, e desde então vinha vivendo muito confortavelmente – talvez confortavelmente demais – com seus vencimentos consideráveis. Se houvesse fumado menos e andado mais, comido faisão assado com menos prodigalidade no clube e depois bebido menos conhaque Napoleon, poderia, segundo seu médico, não ter sido acometido uma noite por violenta dor que descia por seu braço esquerdo e subia por seu lado esquerdo, caindo no chão com dificuldade de respirar. Seu médico era daqueles que acreditam que um paciente de trombose coronariana não devia ficar desacompanhado nos primeiros dias após o ataque. Daí o Hospital São Gregório e a enfermeira Gibson. Nos primeiros dias no hospital, ele acordava e dava de cara com os olhos azuis-marinhos de uma jovem esguia de uniforme impecável e cabelo louro meio encoberto por uma touca branca engomada.

– Bom-dia, coronel Clarigate – disse Alice. – Meu Deus, não é que o senhor parece muito melhor hoje? Nada como uma noite bem dormida.

Alice dizia esse tipo de coisa para todos os seus pacientes novos, mas Rupert, que nunca estivera num hospital antes e na verdade fora desenfreadamente saudável a vida toda até agora, achou que aquilo era dirigido exclusivamente a ele, e que o tom de voz dela era extraordinariamente doce. Ele não a ouviu, cinco minutos depois, dizer para uma de suas alunas que havia deixado cair uma cuba-rim, que ela era não só irremediavelmente incapaz de ser enfermeira, como também uma retardada mental, porque esta diatribe foi proferida na seção de limpeza, fora da enfermaria. Achou que Alice devia ter um gênio maravilhoso, sempre alegre, sempre animando os outros, e uma paciência infinita, o tipo de moça que parecia saber como se divertir.

– Quem é o sujeito de sorte que vai sair com você hoje à noite, enfermeira? – perguntou Rupert quando Alice botou a cabeça na porta antes de sair de folga. – Eu invejo este cara, para falar com franqueza.

– Não tem cara nenhum, não, coronel – disse Alice. – Vou passar uma noite tranquila fazendo tricô em frente à televisão.

Era a verdade. Não havia ninguém. Já houvera, em outras épocas, na verdade vários, inclusive um com quem Alice teria provavelmente se casado se certa vez ela não houvesse lhe dado um bofetão (e deste modo deslocado uma obturação de um molar) por ele haver implicado com ela. Mas ela era muito mais jovem na época, e não tinha seu trabalho para encher sua vida. Desde então ela havia posto a carreira em primeiro plano, à frente da possibilidade de casar-se, e ficara tão acostumada com as "cantadas" e os comentários insinuantes dos pacientes que raramente dava ouvidos ao que eles diziam e pensava neles como homens.

Rupert Clarigate, no entanto, era diferente. Era um dos homens mais bonitos que já vira e tinha um cabelo maravilhoso. Embora seu rosto ainda fosse jovem e sem rugas, seus cabelos eram completamente brancos, fartos e ligeiramente ondulados, e desde que saíra do exército ele os havia deixado crescer o suficiente para cobrir a ponta das orelhas. Isso foi a primeira coisa que Alice havia notado nele. Ela sempre sentira uma aversão especial por homens calvos, e embora acostumada com as cenas mais repulsivas, a limpar ferimentos e purgar abscessos sem o menor sentimento de nojo, era para ela um suplício lavar uma careca ou pentear o cabelo que a cercava. Rupert Clarigate parecia que nunca ficaria calvo, pois não havia sequer uma área calva do tamanho de uma moeda em meio àquela exuberante massa branca.

Além disso, ela gostava do seu jeito jovial e caloroso, o sotaque aristocrático, a voz de militar. A admiração ligeiramente lasciva nos olhos dele, mantida muito bem sob controle, a excitava. Cerca de uma semana depois de ele chegar ao hospital ela já estava apaixonada, ou teria dito que estava apaixonada, se tivesse um critério em que se basear.

Quanto ao coronel Clarigate, ele sempre tivera intenção de um dia casar-se. Um caso duradouro com a esposa de outro oficial o mantivera solteiro até os trinta e cinco anos, e depois que o caso terminou sentia-se acostumado demais com seu modo de vida para casar-se. Egoísta demais, segundo a esposa do outro oficial. E era verdade que Rupert não via por que ter uma esposa se não gostava de passar as noites em casa, não desejava filhos, não gostava da ideia de dividir seus rendimentos e de qualquer maneira tinha seu ordenança para servi-lo e para limpar seu alojamento.

Mas um dia ele ia casar-se – quando pedisse reforma. Agora estava reformado e morando no velho casarão incômodo que seus pais haviam lhe deixado. Não havia ninguém para mantê-lo limpo. Comia comida temperada demais em restaurantes porque não havia ninguém em casa que cozinhasse para ele, e dizia a si mesmo que fumava demais porque era solitário. Na verdade, tivera seu ataque cardíaco porque não tinha uma esposa. Por que não a bonita, eficiente e doce enfermeira Gibson para sua esposa?

"Por que não se aposentar?", pensou Alice. Por que não casar-se com o coronel Clarigate e ter sua própria casa em vez do apartamento de dois quartos que era parte de seu pagamento? Além do mais, ela estava apaixonada por ele e ele tinha um cabelo fantástico.

Ele devia estar apaixonado pela enfermeira Gibson, pensou Rupert, do contrário ele não ficaria tão perturbado toda noite quando tinha certeza que ela devia ter saído com algum sujeito. E isto, ele o sabia por sua experiência com a esposa do outro oficial, era ciúme e uma prova de amor.

O coronel saiu do hospital após três semanas e foi convalescer no interior. De lá escreveu para Alice quase todo dia. Quando voltou para casa, levou-a ao teatro para ver uma chanchada picante da qual riram muito, e depois ao cinema para ver um filme sobre enfermeiras que igualmente fê-los estourar de rir. Na terceira noite que saíram juntos, ficaram noivos.

– As pessoas podem dizer que foi de repente – disse Alice –, mas tenho a impressão de que nos conhecemos perfeitamente. Afinal, não existe relacionamento mais íntimo do que entre enfermeira e paciente, existe?

– Eu sei de um – disse Rupert piscando os olhos, e os dois caíram na gargalhada.

Ele completou cinquenta e três anos mais ou menos um mês depois do noivado, e Alice fez-lhe um pulôver. Era vermelho ferrugem, com listras finas creme e verde-escuro na barra, nos punhos e no decote, e caiu-lhe muito bem, pois Rupert, apesar de sua vida extravagante, nunca engordara. Alice fazia questão de cuidar dele. Levava-o a dar consideráveis caminhadas e delicadamente o incentivava a parar de fumar. A casa em Clarigate não era do agrado dela; assim, ele a vendeu e comprou outra. A perspectiva de mobiliar esta casa, que ficava num balneário na costa sul – podiam morar em qualquer lugar que escolhessem, disse Rupert, não havia necessidade de ficarem em Londres –, deixou Alice agitada e cheia de expectativas, especialmente porque Rupert havia lhe dado acesso irrestrito às suas economias.

O casamento foi em maio, três meses depois de saírem pela primeira vez juntos.

Foi uma cerimônia simples, seguida de uma pequena recepção. A sra. Gibson, agora viúva, estava presente, assim como a irmã de Alice, aquela amiga, Pamela, que havia lhe iniciado nos encantos do tricô, e o marido de Pamela, Guy, escritor *freelancer* e autor de romances de mistério. Do lado de Rupert estavam um primo, seu ex-comandante e o dr. Nicholson, aquele consciencioso médico que fora o responsável por sua ida para o Hospital S. Gregório. Os recém-casados partiram às três para tomar o avião que os levaria para sua lua de mel em Barbados.

Alice nunca antes viajara de férias sem levar seu tricô. Em Palma de Mallorca ela havia feito um gorro e luvas listrados para sua sobrinha; em Innsbruck começara uma bombacha para seu cunhado e nas ilhas gregas terminara um pulôver para si mesma. Mas uma intuição quanto à conveniência ou adequação de certas atitudes lhe dizia que não se leva trabalho de tricô na lua de mel, e de fato descobriu que dificilmente teria tido a oportunidade de fazer tricô. Dificilmente dá para fazer tricô na praia, e eles ficavam na praia a maior parte do tempo em que não estavam comendo nem dançando, porque Rupert estava certo ao achar que sua esposa era uma moça que sabia como se divertir. Alice teria dançado com mais energia, comido com mais voracidade e ficado acordada até mais tarde se não fosse por seus cuidados com a saúde de seu marido. Embora Rupert, vigoroso e viril como era, de certa forma parecesse tão jovem quanto ela, não havia como escapar do fato de que ele havia tido um problema cardíaco e poderia ter outro. Ela ficou satisfeita de ver que ele parara de fumar e se, no final da estadia deles, ela percebeu que ele se tornara um pouco rabugento, atribuiu isso ao calor.

A tarefa de mobiliar a casa nova tomou todo o seu tempo depois que voltaram. Havia tapetes a escolher e encomendar, bombeiros, eletricistas e técnicos em aquecimento a chamar, estofadores e fabricantes de cortinas a serem apressados. Alice encarregou-se de tudo com energia, não quis que Rupert ajudasse, mas levava-o toda noite para seu passeio terapêutico à beira-mar. Ele parecia estar mais bem-disposto do que nos cinco meses que o conhecia e agora podia subir as escadas correndo sem perder o fôlego.

Foi na manhã seguinte do dia em que os novos tapetes foram colocados, depois de modificar a posição dos móveis e lustrá-los, que Alice achou que finalmente podia começar a relaxar. Rupert havia ido ao consultório do dr. Nicholson para fazer seu *check-up* mensal. Ela arrumou-se para ir comprar lã no shopping center. Na noite anterior, durante a caminhada, Rupert havia-lhe mostrado um homem debruçado sobre o quebra-mar que estava usando o tipo de pulôver sem mangas que ele queria ter. Alice não dissera nada, apenas sorrira e apertara seu braço.

Desde a época em que Pamela entrara no quarto com aquele casaco branco, Alice vinha se tornando uma autoridade em sua arte. Agora sabia tudo o que havia para se saber a respeito de tricô. Conhecia as sutilezas dos modos de armar as peças, de fazer remates e de trabalhar com várias cores. Conhecia todos os tipos de fios, da lã natural ultragrossa até o fio de algodão de fio duplo, e que agulhas usar com cada um. Sem usar tabelas, sabia que uma agulha inglesa número quatorze é equivalente à agulha europeia de dois milímetros e à agulha americana zero-zero. Podia facilmente adaptar um desenho para um tamanho diferente ou, se necessário, trabalhar sem qualquer desenho. Bastava ver um suéter ou um casaco de malha de lã para copiá-lo e executar uma peça exatamente igual. E além disso, tudo o que se relacionava com tricô tocava-lhe profundamente. Não podia deixar de ver o tricô como algo que havia salvo sua vida, e portanto ele se tornara para ela muito mais do que um trabalho de bordado ou de croché significava para outras mulheres. Assim, era natural que ao entrar numa loja de lãs experimentasse uma sensação mórbida de excitação, bem como o prazer sentido, por exemplo, pelo estudioso ao entrar numa biblioteca.

Rapidamente qualificou a Woolcraft Limited como uma boa loja do ramo, e passou uma feliz meia hora lá dentro antes de finalmente escolher um desenho para o pulôver sem mangas e seis novelos de vinte e cinco gramas de um fio misto de lã natural e lã acrílica azul-acinzentado.

Não teve chance de começar naquele dia. Rupert precisava almoçar, depois passariam a tarde cuidando do jardim e à noite iriam ao jantar-dançante no Pump Room. Mas na tarde seguinte, enquanto Rupert estava no jardim podando a sebe de alfena, Alice pegou seu primeiro novelo de lã azul e começou.

Quando se mudara para a casa, ela havia se apoderado do gavetão de baixo de uma arca da sala para guardar seu material. Pusera lá as muitas sobras de novelos e retalhos de lã de uma enorme variedade de peças de roupa que fizera através dos anos, seu medidor, sua fita métrica, suas agulhas sem ponta de passar fitas e suas meadas de linha de costura e, enfileiradas na frente do gavetão, todos os pares de agulhas, um par de cada tamanho existente e cada par guardado em uma capa de plástico. Alice havia escolhido um par de agulhas quatorze para começar a barra do pulôver de Rupert.

À medida que dava as necessárias cento e cinquenta laçadas na agulha e sentia o contato habitual do metal contra sua pele, o fio macio e levemente fofo deslizando ritmicamente por entre seus dedos, uma grande paz invadia Alice. Era como voltar para casa após um longo período de ausência. Era como fumar um cigarro (imaginava) ou beber alguma coisa depois de um mês de abstinência. Era maravilhoso. Parecia o toque final de sua felicidade. Estava casada com um marido encantador a quem amava, muito bem de vida, morando na casa de seus sonhos, e agora acomodada em sua nova vida, mais uma vez dedicando-se ao *hobby* que lhe proporcionava tanto prazer. Havia tricotado uns treze milímetros, já que o trabalho era lento com um material tão fino, quando ouviu Rupert entrar e lavar as mãos na pia da cozinha. Logo ele entrou na sala onde ela estava.

Ficou a um ou dois metros da porta e olhou espantado para ela. – O que você está fazendo, doçura?

– Tricô – disse Alice, sorrindo para ele.

Rupert sentou-se na frente dela. Estava fascinado. Sabia que era possível fazer tricô à mão, ou pelo menos que antigamente faziam, porque achava que lembrava que sua mãe havia lhe dito isso uns quarenta anos antes, mas nunca havia visto ninguém fazendo aquilo. Os dedos de Alice moviam-se rapidamente para cima e para baixo, fazendo exatamente o mesmo movimento umas cem vezes por minuto. E pareciam estar se movendo independentemente do resto de Alice, de seu corpo que estava graciosamente relaxado, de seus olhos que ocasionalmente olhavam para ele, e, ele suspeitava, também de sua mente, que poderia estar divagando.

– Não sabia que você fazia tricô – disse ele, logo depois.

– Querido! De onde você acha que veio aquele seu suéter vermelho? Eu lhe disse que fui eu que fiz.

Rupert não havia pensado muito na origem do suéter vermelho. – Devo ter achado que você o fez à máquina – disse ele.

Alice riu muito. Continuou com o tricô. Rupert leu a edição da tarde do jornal, que acabara de ser entregue. Depois de um tempo, disse: – Posso conversar com você enquanto você está fazendo isso?

Falou como se fosse um garotinho cuja mãe não podia ser incomodada, e Alice ficou comovida. – Querido, é claro que pode! Vai falando. Eu tenho muita prática, sabe? Posso não só falar enquanto faço tricô, como também ler, ver televisão – puxa vida, posso fazer tricô até no escuro! – E fixou seu olhar nele, sorrindo com ternura, enquanto seus dedos moviam-se rapidamente para cima e para baixo, como pistões.

Mas Rupert não conversou. Mal disse uma palavra até que estivessem dando seu passeio noturno, e no dia seguinte, quando ela retomou o pulôver azul, mais uma vez percebeu o olhar dele. Pouco depois ele acendeu um cigarro, o primeiro em semanas. Sem dizer palavra, saiu da sala e quando ela foi para a cozinha preparar o jantar, encontrou-o sentado à mesa lendo um de seus livros de guerra favoritos.

Rupert só voltou a fazer referência ao tricô depois que Alice já pegara no pulôver quatro vezes, completara dezesseis centímetros das costas e já mudara para uma agulha ligeiramente mais grossa, a doze, de plástico vermelho.

– Sabe, doçura – disse ele –, não existe motivo algum para não comprarmos nossa roupas prontas. Não somos pobres, espero não haver lhe dado a impressão de que sou pão-duro. A qualquer hora que você quiser dinheiro para comprar uma blusa para você, ou um vestido ou qualquer coisa, é só dizer.

– Isso aqui não é para mim, Rupert, é para você. Você disse que queria um pulôver como o que você viu naquele homem lá na praia.

– É mesmo? Se você está dizendo, então eu disse, mas não me lembro. De qualquer forma, eu posso dar um pulo na loja de artigos esportivos e comprar um se eu quiser, não, hein? Não há necessidade de você ficar se cansando fazendo uma coisa que eu posso levar dez minutos para comprar.

– Mas eu *gosto* de fazer tricô, querido. Adoro. E acho que as roupas feitas à mão são muito mais bonitas do que as compradas prontas.

– Deve deixar seus dedos doendo, imagino – disse Rupert. – Deve gastar os dedos, até só ficar o osso.

– Deixa de ser bobo – disse Alice, asperamente. – É claro que não deixa meus dedos doendo. Eu gosto disso. E acho que é uma pena você ter voltado a fumar.

Rupert fumou cinco cigarros naquele dia e dez no dia seguinte. No terceiro dia, Pamela e Guy foram passar quinze dias de férias com eles.

Rupert achava, e Alice concordava com ele, que se alguém mora perto do mar tem a obrigação de convidar seus amigos mais chegados para as férias de verão. Além disso, Guy e Pamela, que não ganhavam muito, tinham dois filhos que estavam estudando em colégios internos muito caros, e se não fosse eles provavelmente nem poderiam viajar nas férias. Chegaram, enquanto os filhos estavam acampados em algum lugar, para passar duas semanas, na segunda semana de agosto.

Pamela nem pegara nas agulhas desde que sua filha tinha dois anos, mas gostou de ver Alice em atividade. Disse que achava que tinha um efeito calmante. Quando olhou na gaveta da arca e viu as meadas de sobras de fios em cores tão maravilhosas, rosas e lilases e verdes delicados e amarelos melíficos e marrons achocolatados, disse que aquilo fazia-a pensar que precisava retomar o tricô, porque as roupas estavam muito caras e seria uma economia e tanto.

Guy não era desses escritores que nunca falam de seu trabalho. Estava sempre entretendo seus amigos com os complexos romances policiais que criava regularmente e ficava inventando tramas a partir de todo tipo de incidente doméstico trivial ou das coisas que observava enquanto davam uma volta de carro pela região. Alice gostava de ouvi-lo elaborar novas maneiras de se cometer crimes, e ele a deliciava com esquemas cada vez mais engenhosos e fantásticos.

– Bem, a dicumarina – disse ele – é usada para matar ratos. Inibe a coagulação do sangue, de modo que quando os ratos brigam entre si e se ferem, mesmo um pequeno corte é suficiente para sangrarem até morrer.

– Também dão isso para pessoas – disse Alice, a enfermeira. – Ou alguma coisa muita parecida. Impede a formação de coágulos em quem já teve trombose.

– É mesmo? Mas que interessante. Se eu fosse usar esse método num livro, eu faria o assassino dar dicumarina à vítima junto com forte sedativo. Aí, um pequeno corte, digamos, no pulso...

Em outra ocasião, ficara muito interessado num livro de Alice sobre plantas que são contraindicadas na fabricação de bebidas. Muito informativo para um escritor de romances policiais, disse ele.

– Diz aqui que o comigo-ninguém-pode roxo, seja lá o que for isso, contém cristais de oxalato de cálcio, que é um irritante. Se você comer dele, o lado de dentro da sua boca incha e você morre por não poder respirar. Agora, o patologista poderia notar a inchação, mas eu apostaria qualquer coisa como ele nunca imaginaria que fosse causada pela ingestão de *Lysichiton symplocarpus*. Eis aí outro método perfeito de cometer assassinato.

Alice ficava sensibilizada com a engenhosidade dele, e Pamela estava acostumada. Só Rupert, que talvez houvesse estado mais próximo da morte do que qualquer um deles, sentia-se incomodado, e não ficou nada triste quando as duas semanas chegaram ao fim e Guy e Pamela foram embora. Alice também sentiu um certo alívio. Incomodava-a que as invenções de Guy fizessem cócegas em seu sadismo latente, que ela reconhecia como tal. Com gratidão voltou ao seu tranquilo placebo, seu tricô, e retomou o pulôver azul, que já estava com vinte centímetros.

Rupert acendeu um cigarro.

– Sabe, estive pensando, por que não comprar uma máquina de fazer tricô para você?

– Não quero uma máquina, querido – disse Alice.

– Dei uma olhada numa quando saí com o Guy um dia desses. Meio cara, mas não me importo com isso, doçura, se for para deixar você feliz.

– Eu disse que não quero uma máquina de fazer tricô. A questão é que eu gosto de fazer tricô à mão. Eu já lhe disse isto, é o meu *hobby,* meu maior interesse. Para que eu vou querer uma máquina enorme e incômoda que toma muito espaço e faz muito barulho se posso trabalhar com as mãos?

Ele ficou quieto, observando os dedos em movimento.

– Para falar a verdade, é do barulho que eu não gosto – disse ele.

– Que barulho? – disse Alice, irritada.

– Esse clique-clique-clique interminável.

– Ora, mas que absurdo! Não acredito que você ouça alguma coisa do outro lado da sala.

– Pois eu ouço.

– Você se acostuma – disse ela.

Mas Rupert não se acostumou, e na próxima vez que Alice começou a tricotar, ele disse: – Não é só o clique, doçura, é o espetáculo das suas mãos se movendo mecanicamente o tempo todo. Para ser totalmente sincero com você, isso me irrita.

– Então não olhe.

– Não dá para não olhar. A coisa tem um magnetismo que atrai os meus olhos.

A própria Alice estava começando a ficar nervosa. Grande parte do seu prazer estava sendo estragado por aquele olhar e por saber que ele não gostava do que ela fazia. Começou a afetar a qualidade do seu trabalho, fazendo com que seus pontos ficassem irregulares. Continuou, mas mais devagar, e depois de meia hora deixou cair em seu colo a peça de vinte e três centímetros de lã azul e as agulhas.

– Vamos sair para jantar – disse Rupert, ansiosamente. – Vamos tomar uns drinques à beira-mar e depois vamos jantar no Queen's.

– Se você quer – disse Alice.

– E, doçura, para com essa bobagem de fazer tricô, ehm? Por mim? Você nem precisa pensar duas vezes para me fazer um favorzinho deste, precisa?

Favorzinho, disse ele. Alice pensou não duas, mas muitas vezes. Não pensou em quase mais nada e ficou acordada a maior parte da noite. Mas no dia seguinte não fez tricô e guardou na gaveta o que já havia feito. Rupert era seu marido, e o casamento, como muitas vezes ouvira dizer, é uma questão de toma-lá-dá-cá. Ela faria isso por ele, por tudo o que ele havia feito por ela.

Sentia uma falta terrível de seu tricô. Todos aqueles anos fazendo um serviço tão dinâmico, literalmente de pé o dia todo, e aquelas horas de lazer com as mãos sempre ocupadas haviam-na incapacitado para a leitura, para ouvir música ou ver televisão. Para ela era muito difícil ficar parada com as mãos abanando. Estava permanentemente irrequieta. E, quando Rupert, que não mencionara uma vez sequer o sacrifício que ela fizera por ele, finalmente referiu-se a seu tricô, teve ímpetos, por pouco controlados, de bater nele.

Estavam passando, durante o passeio noturno, pela loja de artigos esportivos que ele mencionara quando vira o tricô pela primeira vez nas mãos dela, e na vitrine havia um suéter de lã ultragrossa creme com um intricado padrão listrado em vermelho e verde.

– Aposto que você não saberia fazer isso aí, ehm, doçura? Você tem que ter uma máquina para fazer um suéter desses, é o que eu chamo de um trabalho de primeira.

As mãos de Alice formigavam de vontade de dar um bofetão na cara dele. Ela, não saber fazer aquilo! Ora, ela faria um suéter assim em uma semana, e ainda por cima faria um trabalho muito mais bonito do que aquela coisa na vitrine. Mas, apesar de tudo, seu coração suspirava pelo suéter. Como ela poderia facilmente tê-lo copiado na época em que lhe deixavam tricotar! Como teria ficado maravilhosamente ocupada com ele, elaborando aquele padrão de linhas cruzadas e asnas em papel quadriculado, entrelaçando os vários tons com os fios habilmente enrolados em três dedos! Virou-se de costas. Será que nunca mais poderia tricotar novamente? Será que teria que esperar até que Rupert morresse para poder retomar suas agulhas?

Começou a parecer-lhe uma grande maldade, aquela coisa que seu marido fizera com ela. Por que fora tão idiota de casar-se com alguém que conhecia há apenas três meses? Ficou pensando que gostaria de socá-lo, socar sua cabeça, até ele lhe suplicar que parasse e implorar que tricotasse o quanto quisesse.

Rupert não atribuiu a mudança que percebeu em sua esposa à privação de seu *hobby.* Esquecera-se do tricô. Achou que ela ficara irascível e nervosa porque estava preocupada por ele estar fumando – afinal, ninguém sabia melhor do que ela que ele não devia fumar –, e resolveu esforçar-se e tentar, pela segunda vez desde o casamento, parar de fumar.

Depois de cinco dias de abstinência total, parecia-lhe que cada célula de seu corpo gritava, ansiava, suplicava por um cigarro. O pior era no bar à beira-mar, onde o ambiente era carregado de fumaça aromática, e lá, enquanto Alice estava sentada na mesa, ele comprou sorrateiramente um maço.

Quando voltou para casa ele pegou um e acendeu-o. Sua carência de nicotina era tão grande que se esquecera de tudo. Esquecera-se até que Alice estava sentada na frente dele. Deu uma tragada monumental, do tipo que faz a sala balançar e os miolos rugirem, uma tragada refrescante, cheirosa, estonteante, gloriosa.

Quando deu por si, o cigarro havia sido arrancado de sua boca e atirado na lareira, e Alice estava batendo nele com os punhos e pisoteando os outros dezenove cigarros no maço.

– Sua besta, seu egoísta! Você pode continuar com seu vício asqueroso e fedido que me dá vômito, você pode continuar se matando, enquanto eu não posso fazer meu trabalhinho útil e inofensivo. Sua mula insensível, egoísta!

Foi a primeira briga deles, e durou horas.

Na manhã seguinte Rupert foi até a cidade e comprou cinco maços e Alice trancou-se no quarto e fez tricô. Fizeram as pazes dois ou três dias depois. Rupert prometeu fazer hipnose para parar de fumar. Nada foi dito na ocasião a respeito do tricô de Alice, mas pouco depois ela explicou com muita calma e muito racionalmente para Rupert que ela precisava fazer tricô para ficar calma e que iria destinar horas específicas do dia para isso, algo como uma hora toda tarde, quando então ela iria ficar na sala de jantar que era muito pouco usada.

Rupert disse que sentiria falta dela. Não havia se casado para sua esposa ficar numa sala e ele na outra. Mas, tudo bem, ele não tinha muita escolha, contanto que fosse só uma hora por dia.

No início era uma hora. Alice descobriu que não sentiu falta da companhia de Rupert. Achava que já haviam dito um ao outro tudo que tinham para dizer. Se antes havia alguma empolgação no casamento deles, agora não restava nada. Tricotar era mais interessante, mas depois que aquela peça estivesse pronta ela não faria mais nenhuma para Rupert. Ele que fosse na loja de artigos esportivos se era isso que ele queria. Pensou em fazer um vestido de lã vinho para si mesma. Como previra, louca para começar, a hora combinada estendeu-se por hora e meia, duas horas.

Havia quase terminado as costas do pulôver após duas horas e meia de esforço concentrado quando Rupert irrompeu pela sala de cigarro na boca e hálito cheirando a uísque. Arrancou o tricô das mãos dela, soltou as agulhas de plástico vermelho e quebrou ambas ao meio.

Alice gritou com ele, pulou no pescoço dele e começou a sacudi-lo, mas Rupert rasgou o desenho e desmanchou os pontos o mais rápido possível. Alice esmurrou-o repetidamente no rosto. Ele se esquivou e bateu nela com tanta força que ela caiu no chão, e aí ele desmanchou cada uma daquelas duzentas ou trezentas carreiras de pontos até que só restara um emaranhado fofo de lã azul crespa empilhado no chão.

Três dias mais tarde ela disse que queria o divórcio. Rupert disse que ela não podia estar querendo tanto quanto ele. Nesse caso, disse Alice, talvez ele quisesse empacotar as coisas dele e sair da casa o mais rápido possível.

– Eu? Sair desta casa? Você está brincando.

– Na verdade não estou, não. É isso o que um homem decente faria.

– O que, sair da casa que eu comprei com a herança que meus pais me deixaram? Largar a mobília que você comprou com as minhas economias? Você é uma histérica e uma louca ainda por cima. Você que vá embora. Eu vou pagar a pensão, a lei me obriga a fazer isso, mas pode ter certeza de que vou pagar o mínimo possível.

– E você se diz um oficial e um cavalheiro – disse Alice. – E o que eu vou fazer? Voltar a cuidar de doente? Voltar para um apartamento sem conforto? Eu preferia morrer. Vou ficar nesta casa, ah, se vou!

Discutiram isso asperamente dia após dia. A carência de Rupert suplantou a hipnose e ele começou a fumar um cigarro atrás do outro. Alice agora tinha medo de tricotar na frente dele porque ele era fisicamente mais forte do que ela, e de qualquer modo não tinha ânimo de começar o pulôver azul mais uma vez. E para quem ela ia dar o pulôver? Ela não ia sair da casa *dela,* da casa que Rupert dera para ela, pela qual, em troca, ela havia dado a ele a coisa mais importante que ela tinha.

– Eu parei de fazer tricô por sua causa – gritava ela com ele –, e você não pode me dar uma casa e umas porcarias de móveis.

– Você é louca – disse Rupert. – Deviam internar você.

Alice correu e deu uma bofetada na cara dele. Ele agarrou as mãos dela, jogou-a numa cadeira e saiu da sala batendo a porta. Foi até o bar à beira-mar, tomou dois uísques duplos e fumou um maço de cigarros. Quando voltou, Alice estava dormindo no quarto de hóspedes. Do mesmo jeito que se recusava a sair da casa, Rupert recusava-se a sair de seu próprio quarto. Tomou dois comprimidos para dormir e foi para a cama.

De manhã Alice entrou no quarto onde Rupert dormia, lavou a cabeça dele e penteou seus lindos cabelos brancos. Mudou as fronhas, limpou uma mancha do paletó do pijama de Rupert e aí telefonou para o médico para dizer que Rupert morrera. Devia ter morrido dormindo. Ao acordar descobriu que ele estava morto ao lado dela.

– O coração, é claro – disse o médico, e porque Alice fora enfermeira –, uma infartação maciça do miorcárdio.

Ela assentiu com a cabeça. – Eu já devia saber que isso ia acontecer...

– Bem, nesses casos...

– Nunca se sabe, não é? Eu devo ser grata pelos poucos meses felizes que tivemos juntos.

O médico assinou o atestado de óbito. Ninguém falou em autópsia. Pamela e Guy vieram para a cremação e levaram Alice para passar quatro semanas na casa deles. Quando Alice partiu para voltar para a casa, que agora era totalmente sua, eles prometeram aceitar seu convite e virem passar novamente o verão com ela. Alice ficou muito bem financeiramente, porque as economias de Rupert não havia sido todas gastas com a mobília, o seguro de vida dele era considerável e havia a pensão do exército, reduzida mas ainda assim liberal.

Quando foi buscar Pamela e Guy na estação Alice estava com uma aparência espantosamente jovem, seus cabelos com uma rinsagem louro clara, e há dez anos não estava tão esbelta. Estava com seu novo cupê Lancia branco e usava um elegante vestido de tricô.

– Adorei seu vestido – disse Pamela.

– Fui eu que fiz.

– Decididamente, eu tenho que voltar a fazer tricô. Eu era tão boa nisso, não era? E pensa só no que eu economizaria.

Na tarde seguinte, um domingo, depois de passarem o dia na praia, Pamela voltou ao assunto tricô e disse que sentia cócegas nos dedos de vontade de começar alguma coisa imediatamente. Alice parecia pensativa. Aí abriu o gavetão de baixo da arca e pegou a lã azul acinzentada.

– Pode ficar com ela se quiser, e o desenho também. Você podia fazer para o Guy.

Pamela pegou o desenho que parecia haver sido rasgado ao meio e remendado com fita adesiva. Olhou para as meadas da lã. – Foram usadas?

– Não gostei do que fiz, então desfiz. A lã foi lavada e cardada para tirar as marcas.

– Se está pensando em fazer isso aí para mim – disse Guy –, dou a maior força. Ótima ideia.

– Tudo bem. Por que não? Precisa de agulhas bem finas, não é? Você tem um par de agulhas quatorze, Alice?

Uma sombra passou pelo rosto de Alice. Ela vacilou. Depois pegou as capas de plástico, uma por uma, mas sem muito ânimo, até que Pamela, agora explodindo de entusiasmo, ajoelhou-se ao lado dela e começou a procurar.

– Está aqui. Número quatorze, dois milímetros, zero-zero americana. Só tem uma agulha aqui, Alice.

– Que pena, devo ter perdido – Alice tirou a agulha da mão dela quase com brutalidade e fez menção de fechar o gavetão.

– Não, espera aí, deve estar solta aqui em algum lugar.

– Tenho certeza que não está, está perdida. De qualquer forma não vai dar mesmo para você começar hoje à noite.

Guy disse: – Não vejo como se pode perder uma agulha de tricô.

– No trem – disse Pamela, examinando cada pacote de agulhas. – Podia cair no lado do assento e antes que a pessoa pudesse tirar ela de lá o trem já havia chegado na estação.

– Alice nunca anda de trem.

– Não serve para desentupir cano de esgoto?

– Qualquer um usaria uma mais grossa. Agora, se essa situação ocorresse num de meus livros, eu faria com que a agulha fosse a arma de um crime. Inserida no couro cabeludo de uma pessoa que estivesse, digamos, drogada ou bêbada, penetraria na caixa craniana e no cérebro e causaria uma hemorragia subdural. Seria necessário afiar um pouco a ponta, talvez limá-la um pouco, e depois, é claro, seria necessário jogá-la fora. Daí só uma agulha quatorze na gaveta.

– Assim que examinassem o corpo descobririam – disse a esposa.

– Bem, sabe, acho que não examinariam. Você sabia que quase todos os homens acima da meia-idade têm sinais suficientes de cardiopatia para que qualquer patologista, a menos que ele seja excepcionalmente meticuloso, presuma ser esta a causa da morte? É claro que a vítima teria que ter bastante cabelo para esconder a marca de penetração da agulha...

– Pelo amor de Deus, vamos mudar de assunto – disse Pamela, enquanto fechava a gaveta, porque percebera que Alice, talvez por causa daquela referência inoportuna a problemas cardíacos, ficara muito pálida e as mãos que seguravam a lã estavam trêmulas.

Mas ela conseguiu dar um sorriso. – Vamos comprar um par de agulhas quatorze para você amanhã – disse ela –, e quem sabe eu também começo alguma coisa nova. Minha mãe sempre dizia que o diabo acha ocupação para as mãos dos ociosos.

O BANCO DE PRAIA

Ao longo da costa, entre o cais e a cidade velha, havia seis bancos de madeira, regularmente espaçados, sobre a grama, virados para as dunas, o quebra-mar e o mar. Algumas pessoas, inclusive a sra. Jones, os conheciam pelos nomes: Fisher, Jackson, Teague, Prendergast, Lubbock e Rupert Moore. Era este último, que era conhecido curiosamente tanto pelo prenome quanto pelo sobrenome do homem a quem homenageava, que a sra. Jones invariavelmente escolhia para sentar-se.

Sentava-se lá todos os dias, gozando a paz e o sossego, olhando para o mar e pensando no passado. Era mais agradável nos dias mais amenos do inverno, ou nos dias de verão em que o céu estava nublado, porque nesses dias os turistas ou ficavam dentro de seus carros ou iam comprar pitus, siris e bugigangas caras. A sra. Jones ficava pensando que bom fora ela ter comprado a casa naquela velha cidade no ano anterior, quando o sr. Jones faleceu, muito embora isso a afastasse da filha. Ficava pensando no filho que estava em Londres e na filha em Ipswich, bons filhos, carinhosos; nos netos e às vezes na sorte de receber uma boa anuidade, além da pensão.

Mas na maioria das vezes, sentada em Rupert Moore, entre Fisher e Teague, ficava pensando no primeiro homem de sua vida, a quem, mesmo agora depois de tanto tempo, sempre se referia como seu querido. Acostumara-se tanto a chamá-lo assim que, para ela, aquela palavra de carinho passara a ser o nome dele. A sra. Jones pensava em seu querido como outras senhoras pensavam em John, Charlie ou Tom.

Sentia-se mais próxima dele ali do que em qualquer outro lugar, e era por isso que se sentava no banco dele e não em outro qualquer.

A quinze de julho, dia de S. Swithin, Hugh e Cecily Branksome estavam sentados no carro estacionado no passeio, olhando para o mar cinzento e encapelado. Ou melhor, Hugh olhava para o mar enquanto Cecily olhava para a sra. Jones. Estava fazendo uns dez graus de acordo com Cecily, que já adotara os graus Celsius, ou cinquenta, segundo Hugh, que ainda usava o velho sistema Fahrenheit. Ainda não estava chovendo, embora tudo levasse a crer que logo começaria a chover. Hugh estava pensando que preferia ter ido para a Costa Brava, onde haveria edifícios altos, peixes com fritas e touradas, mas pelo menos o sol teria aparecido. Cecily havia metido na cabeça que era burguês e antipatriótico viajar para o exterior nas férias.

– Queria saber por que ela sempre se senta ali – disse Cecily.

– Quem senta onde?

– Aquela senhora. Ela sempre fica naquele banco. Estava lá ontem e anteontem.

– Não reparei – disse Hugh.

– Você nunca repara em nada. Ontem, enquanto você estava no bar – disse Cecily, enfaticamente –, esperei até ela ir embora e aí fui ler o que está escrito naquele banco. Na placa de metal que há atrás. Você sabe o que está escrito?

– É claro que não – disse Hugh, abrindo a janela para deixar sair a fumaça do cigarro. Uma brisa gelada bateu em seu rosto.

– Feche a janela, por favor. Diz: "Rupert Moore doou este banco para Northwold em agradecimento por sua libertação. Eu estava no cárcere, e tu vieste ver-me. Ev. de São Mateus capítulo 25, versículo 36". O que você acha disso?

– Extraordinário. – Hugh refletiu que sabia muito bem o que era estar preso. Olhou para o relógio. – Pronto. Os bares estão abrindo – disse ele. – Já podemos ir beber alguma coisa, graças a Deus.

No dia seguinte foi pescar sem ela. Encontraram-se no quarto antes do jantar; Hugh estava se preparando para aguentar as perguntas sarcásticas que ela costumava fazer, se ele tivera um bom dia. Antecipou-se às perguntas e, já que a reprovação seria maior se ele houvesse se divertido, disse que só havia pego uma cavalinha pequena, mas logo foi interrompido.

– Descobri toda a história daquele banco com aquele sujeito simpático de barba.

Hugh não tinha boa memória e por um instante ficou sem saber de que banco ela estava falando, mas identificou o homem simpático pela descrição que ela lhe deu. Um sabichão intrometido que morava em Northwold e fazia ponto no bar do hotel.

– Ele fez questão de me pagar um drinque. Bem, na verdade dois. – Ela sorriu, brejeira, e ajeitou o cabelo, como se o sabichão barbudo no mínimo a houvesse convidado a passar o fim de semana em Aldeburgh. – Ele se chama Arnold Cottle, e disse que esse Rupert Moore pôs aquele banco lá porque matou a esposa. Foi a julgamento e foi absolvido. Daí a história de "libertação" e "cárcere".

– Você não pode dizer que ele matou a esposa se foi absolvido.

– Você sabe o que eu quero dizer – disse Cecily. – Foi há séculos, em 1930. Quer dizer, eu era só um bebê. – Hugh achou que era mais prudente não chamar a atenção para o fato de que aos dez anos não se é exatamente um bebê. – Ele foi absolvido, ou foi absolvido em segunda instância, ou alguma coisa assim, e voltou a morar aqui e mandou botar aquele banco lá. Só que o pessoal da cidade não queria um assassino na cidade, então quebraram as vidraças da casa dele e ficavam xingando ele na rua, e ele teve que ir embora.

– Coitado – disse Hugh.

– Bem, não sei, não, Hugh. Pelo que o Arnold disse, o caso dele foi muito feio. Moore ainda era rapaz, bonitão e era pintor, se bem que vivia de renda. A pobre coitada da mulher dele era muito mais velha e inválida. Ele envenenou ela com o cianureto que eles haviam comprado para matar marimbondos. Pôs o veneno numa xícara de café.

– Mas você não disse que ele não matou a mulher?

– Todo mundo *sabia* que ele havia matado a mulher. Só foi absolvido porque o juiz orientou mal o júri. Você não está achando que alguém teria tido a coragem de botar um monumento em honra dele depois de uma coisa dessas, está?

Hugh abriu a torneira da banheira. Resignado, baseando-se em sua experiência, aceitou o fato de que parte da tarde seria passada em companhia de Arnold Cottle. Cecily não era, e nunca fora, particularmente namoradeira, exceto na imaginação dela. Não era isso. Mais exatamente, ela gostava era de abraçar causas, ou o que ela chamava de exemplos de injustiça ou arbitrariedade, e afligir-se com elas, aliciando qualquer um que estivesse à mão para ajudá-la. Já se metera num movimento contra uma estrada nova, um abaixo-assinado contra um *playground,* a expulsão dos sem-teto da rua. Não era sempre reacionária, já que idolatrava a liberdade de expressão, a igualdade racial, a comida natural e o ar puro. Era uma mulher de princípios que se entregava de todo coração a revoluções, mudanças e lutas por boas causas e, às vezes, a seitas que elevassem sua alma. O lado ruim de tudo isso, ou um deles, era que com muita frequência ela se envolvia com chatos e patifes. Hugh se perguntava em que ela estaria se metendo desta vez e por que, e tinha esperança de que fosse – embora isso fosse raro – apenas fogo de palha.

Duas horas mais tarde lá estava ele com a esposa e Arnold Cottle andando pela grama molhada, examinando os dizeres no banco Rupert Moore. Ainda não estava escuro e não escureceria em menos de uma hora. O céu estava muito carregado e o mar estava da cor de uma panela de alumínio há pouco areada. Ninguém imaginaria, pensou Hugh, que em algum lugar lá em cima, a oeste, estava o sol, que, contrário a todas as evidências do momento, a ciência lhe dizia estar emitindo luz à razão de duzentos e cinquenta milhões de toneladas por minuto.

Os outros estavam absortos demais para pensar em tais coisas. Ele olhou para Fisher ("Em memória do coronel Marius Fisher, condecorado com a Coroa da Vitória e a Ordem do Mérito, 1874-1951") e Teague ("William James Teague, desta cidade, morto na Batalha da Jutlândia"), e depois cutucou Rupert Moore, dizendo só para dizer alguma coisa: – É de carvalho.

– E é mesmo, meu camarada – disse Arnold Cottle calorosamente como se houvesse decidido *a priori* que ele era um louco manso. – Antigamente podia-se arranjar carvalho. Esse foi feito por um sujeito chamado Sarafin, Arthur Sarafin. Nome original, não? Corruptela de Seraphim, imagino. Excelente artesão, morava mais ao norte na costa, em Lowestoft, mas morreu muito cedo, é uma pena. Meu pai o conhecia, tinha uns móveis feitos por ele. Dá para ver as iniciais dele aqui, onde o travessão de cima se junta com o suporte. AS num círculo pequeno, vê?

Hugh achou isso muito interessante. Ele mesmo fazia alguma coisa em carpintaria até Cecily dar fim a suas atividades com o pretexto de que precisava da oficina para suas reuniões. Isso foi na época em que ela estava envolvida com a Gestalt. Hugh preferia não pensar naquilo. Deu uma olhada em Prendergast ("Este banco foi colocado aqui pela Honorável Clara Prendergast para que os cansados possam repousar") e ia perguntar para Cottle se aquele era de carvalho ou de teca quando Cecily disse:

– Onde ele comprou o cianureto?

– O Moore? – disse Cottle. – Nunca ficou provado que ele comprou cianureto. Ele disse que guardavam no galpão do quintal para matar marimbondos e que a própria esposa havia tomado o cianureto. Na realidade, a sra. Moore havia escrito para a irmã dizendo que a vida dela não valia a pena e que queria pôr um fim a ela. Mas o jardineiro disse que ele havia jogado fora o veneno de marimbondo um ano antes.

– Tem que ter vindo de algum lugar – disse Cecily, com um tom de voz tão prepotente e com um olhar tão beligerante que Hugh sentiu ainda mais simpatia por Rupert Moore.

Cottle parecia não se importar com o tom de voz e com o olhar dela. – Moore havia ido a várias farmácias da região, mas não em Northwold, e tentara comprar o cianureto, supostamente para matar marimbondos. Nenhum farmacêutico admitiu haver fornecido o cianureto. Havia um farmacêutico em Tarrington, aqui na costa mais ao norte, que vendeu um outro tipo de inseticida que não continha cianureto, e fez ele assinar o registro de venenos. Cecily, já que você está tão interessada, por que não lê o processo na biblioteca? Quem sabe, eu possa ter o prazer de levar você lá amanhã?

A proposta foi aceita com entusiasmo. Foram todos para a Cross Keys, onde Hugh pagou três rodadas e Arnold nenhuma, já que se esquecera de levar a carteira. Cecily grudou no *barman* e arrancou dele que a senhora que sempre se sentava no banco Rupert Moore chamava-se sra. Jones, que tinha vindo de Ipswich para Northwold um ano antes e que sua família era de Suffolk, mas não de Northwold.

– Por que ela sempre se senta lá?

– Pergunte outra coisa – disse o *barman*; sua resposta não era para ser tomada ao pé da letra, mas foi assim que Cecily a entendeu.

– O que há de tão fascinante naquele banco?

– Parece fascinar você – disse Hugh. – Por que não deixa isso para lá? A história toda já acabou há quase cinquenta anos.

Cecily disse: – Não tem mais nada para fazer nesta droga de lugar. – E isso ofendeu tanto ao *barman* que ele se afastou zangado. – Eu tenho um cérebro muito ativo, Hugh. Você já devia saber disso a esta altura. Não estou disposta a entorpecer meu cérebro com álcool, nem a ficar dez horas puxando um pobre coitado de um peixinho para fora da água.

Foi feita a visita à biblioteca, da qual Hugh foi dispensado. Depois de pegarem os livros, resolveram ir para a casa onde Rupert morava com a esposa, pintara seus quadros, e onde o crime havia sido cometido. Arnold Cottle parecia encantado com a ideia de ir lá, especialmente porque o passeio, por sugestão de Cecily, incluiria o almoço. Hugh tinha de ir porque Cecily não sabia dirigir e ele não iria emprestar o carro dele para Cottle.

A casa era uma mansão feia, agora usada como asilo para crianças. O superintendente (muito sensatamente, na opinião de Hugh) recusou-se a permitir que percorressem o interior da casa, mas deixou-os passear pelo terreno a seu redor. Estava muito frio para aquela época do ano, mas não frio o suficiente para manter as crianças dentro da casa. Elas ficaram andando atrás de Arnold Cottle e dos Branksome, fazendo observações hostis e impertinentes. Uma delas, um menino estrábico de cabelo ruivo encaracolado, jogou um resto de maçã em Cecily, e quando foi repreendido usou uma palavra que, embora conhecida de todos, ainda causa espanto na boca de um menino de cinco anos.

Almoçaram, e durante o almoço Cecily leu em voz alta trechos do julgamento de Rupert Moore. Os dados médico-legais eram tão desagradáveis que Hugh não conseguiu terminar seu *steak au poivre*. Cottle bebeu quase uma garrafa de Nuits St. Georges e uma dose dupla de conhaque com o café. Hugh ficou pensando nos homens que haviam matado suas esposas, e refletiu que isso era muito mais fácil num tempo em que se podia comprar inseticida à base de cianureto e herbicida à base de arsênico. Mas mesmo se pudesse ter comprado estes produtos, ou empurrado Cecily escada abaixo, ou dado um jeito de o aquecedor cair na banheira enquanto Cecily estivesse tomando banho, ele sabia que nunca faria nada disso. Mesmo se escapasse impune, como o infeliz do Rupert Moore, sentiria vergonha, medo e culpa pelo resto da vida, tal como ocorrera com Rupert Moore.

Na verdade, Moore não vivera muito mais tempo.

– Morreu de uma doença dos rins um ano depois de ser solto – disse Cecily –, e àquela altura já havia sido expulso daqui. Mandou o Sarafin fazer aquele banco, o que foi uma das últimas coisas que ele fez em Northwold. – Correu os olhos pelo último capítulo do livro. – Aparentemente não houve nenhum motivo concreto para o crime, Arnold.

– Imagino que ele quisesse se casar com outra mulher – disse Cottle, tomando um bom trago do conhaque. – Lembro que meu pai comentava que havia boatos de que ele tinha uma amante, mas parece que ninguém sabia o nome dela e ela não foi citada no julgamento.

– Não foi, não – disse Cecily, fechando o livro com tanta rapidez que quase derrubou a xícara de café em Hugh. – Quer dizer que não se sabe nada sobre ela? Então, como é que surgiram os boatos?

– Minha cara Cecily, como é que os boatos surgem? O caso é que se sabia que Moore frequentemente saía de casa à noite. Diziam que ele fora visto em Clacton com uma moça.

– Fascinante – disse Cecily. – Vou passar o resto do dia pesquisando cuidadosamente toda essa papelada. Você e o Hugh vão ter que se divertir sozinhos.

Depois de passar uma tarde horrível ouvindo os problemas de Cottle, cujos inimigos o impediram que tivesse êxito em qualquer carreira, cujas duas tentativas de se casar haviam sido frustradas por sua mãe, cujos vizinhos o perseguiam, Hugh finalmente conseguiu se safar. Mas não antes de emprestar a Cottle dez libras, a menor soma que seu convidado sugerira como sendo adequada. Cecily divertira-se muito lendo a respeito do caso Moore, e agora estava no banho. Hugh ficou pensando se uma pancada forte na parede do banheiro soltaria o aquecedor e o faria cair na banheira, mas isso era mera especulação acadêmica.

Após o jantar foi dar uma volta sozinho na chuva, enquanto Cecily fazia anotações – para que, Hugh não sabia nem queria saber. Ficou bisbilhotando as ruínas do castelo; comprou duas entradas de teatro para a noite seguinte na esperança de que a peça, embora se chamasse *Assassinato no mar,* fizesse Cecily pensar em outra coisa; perambulou pelas ruas da cidade e tomou um drinque no Oyster Catcher's Arms. Até que se distraiu bastante.

Como o tempo estava melhor pela manhã – havia um sol pálido e fraco dando um colorido agradável às nuvens escuras –, ele achou que podiam ir à praia. Mas Cecily tinha outros planos. Fez com que ele a levasse a Tarrington, e no pequeno centro comercial deixou-o sozinho para fazer o que quisesse, o que incluía comprar dois pares de meias mais grossas. Depois disso, porque estava chovendo, a única coisa a fazer era ficar sentado no estacionamento. Ela o deixou esperando duas horas.

– Sabe do quê? – disse ela. – Achei aquela farmácia, a que vendeu o inseticida sem cianureto para Rupert Moore. E, acredite ou não, ainda é a mesma firma. O gerente é o neto do tal farmacêutico.

– Imagino – disse Hugh – que ele lhe contou que o avô fez uma confissão antes de morrer, dizendo que foi ele mesmo que vendeu o cianureto para o Moore.

– Não banque o engraçadinho. Eu já sabia que eles tinham inseticida com cianureto na loja, o livro diz isso. Esse rapaz, o neto, não soube me dizer muita coisa, mas ele disse que o avô tinha uma ajudante muito bonitinha. Que tal?

– Eu já devia ter percebido que mocinhas bonitas costumam trabalhar em farmácias.

– Ainda bem que você percebe alguma coisa. Mas não é essa. O neto sabe o paradeiro dela no momento, e agora ela se chama sra. Jones. Então vou ter que procurar noutro lugar.

– O que você quer dizer com "essa"? – disse Hugh, com desânimo.

– Meu próximo passo – disse Cecily, sem dar-lhe atenção – vai ser procurar pessoas ligadas ao caso de sobrenome Jones. Mulheres jovens, quer dizer. Agora eu sei por onde começar. Mais cedo ou mais tarde vou desencavar uma moça que era ajudante numa farmácia na época e que se casou com um Jones.

– Para quê?

– Para que a justiça seja feita – disse Cecily, solenemente. – E a verdade finalmente venha à luz. Vejo isso como minha missão. Você sabe que eu sempre tenho uma missão, Hugh. Viemos para Northwold por mero acaso, porque Diana Richard recomendou. Você queria ir para Lloret de Mar. Sinto que foi o destino que nos trouxe aqui, porque havia uma missão para mim. Estou convencida disso. Moore foi culpado desse crime, mas não foi o único culpado. Teve uma cúmplice que, a meu ver, está viva no momento. Gostaria que agora você me levasse a Clacton. Vou começar entrevistando alguns moradores mais antigos.

Assim, Hugh foi a Clacton, onde perdeu uma libra num caça-níqueis. Infatigável, Cecily prosseguia em suas investigações.

A sra. Jones voltou da igreja de St. Mary, e, embora fosse uma boa andarilha e não estivesse nem um pouco cansada, já que dormia bem desde que viera para Northwold, ficou meia hora sentada em seu banco favorito. Duas outras pessoas de idade que também haviam ido à igreja estavam sentadas em Jackson ("Em memória de Bertrand Jackson, 1859-1924, Filantropo e Amante das Artes"). A sra. Jones acenou alegremente, mas não conversou com eles. Não era de seu feitio gastar em conversa fiada o tempo que ela preferia utilizar em reminiscências.

Um céu acinzentado e pálido, cheio de nuvens compridas, um sol intermitente. Talvez limpasse mais tarde. Pensou na filha que viria para o almoço. Brenda estaria cansada da viagem de carro, já que as crianças, embora fossem uns amores, sem dúvida viriam aprontando dentro do carro. Eles gostariam daquele lombinho, do pastelão, das ervilhas frescas e do sorvete de chocolate. Ela havia comprado uma garrafa de xerez para que ela, Brenda e o marido pudessem tomar um copo antes do almoço.

Seu filho e sua filha haviam sido muito bons para ela. Eles sabiam que ela havia sido uma esposa dedicada para o pai deles, e não se ressentiam do lugar que reservava em seu coração para o seu querido. Não que ela houvesse jamais falado nele na frente do pai deles ou na frente dos filhos quando pequenos. Isso teria sido grosseria e de mau gosto. Porém mais tarde ela falara aos filhos sobre ele, e falara a Brenda, em momentos efusivos, a respeito da felicidade que sentira há tantos anos e da tragédia que fora a morte de seu querido, tão jovem, bonito e talentoso. Talvez naquela tarde, quando eles estivessem na praia, ela pudesse dar-se ao luxo de mencioná-lo novamente. Discretamente, é claro, porque ela sempre respeitara o sr. Jones e o amara até certo ponto, muito embora ele a houvesse levado para Ipswich e nunca houvesse alcançado os píncaros de talento e sucesso que seu querido teria atingido se não houvesse morrido. Com tranquilidade, sem tristeza, relembrou seu rosto, sua voz e algumas das suas conversas.

A sra. Jones foi interrompida em seus devaneios pela presença daquela mulher maçante. Ela já a vira antes, andando pelo passeio público, e uma vez a vira examinando o banco que a sra. Jones considerava seu. Uma mulher feia, magra, neurótica, que às vezes estava em companhia de um senhor mais velho e sensato, e às vezes com aquele parasita descarado, o filho do velho Cottle, a quem a sra. Jones, com seu jeito antiquado, chamava de pau-d'água. Hoje, no entanto, ela estava só e, para consternação da sra. Jones, estava se aproximando dela com a intenção de falar-lhe.

– Desculpe-me falar com a senhora, mas é que eu a vejo aqui sempre.

– Ah, sim – disse a sra. Jones. – Eu também já a vi. Desculpe, mas preciso ir andando. Tenho convidados para o almoço.

– Por favor, não vá. Só vou retê-la por um minuto. Mas tenho que dizer para a senhora que estou muito interessada no caso Moore. Não posso deixar de ficar imaginando se a senhora o conhecia, a senhora fica tanto aqui.

– Eu o conhecia – disse a sra. Jones, distante.

– Isso é muito interessante. – E a mulher parecia mesmo muito interessada. – Imagino que a senhora o conheceu quando ele entrou na loja.

– Certo – disse a sra. Jones, e levantou-se. – Mas não quero falar nisso. Foi há muito tempo atrás e é melhor esquecer. Bom dia.

– Ah, por favor...

A sra. Jones ignorou-a. Andou muito mais rápido do que de costume, respirando fundo, por todo o trajeto até a cidade. Estava perturbada, aborrecida e muito confusa. Remexer em tudo aquilo logo agora que ela estava se lembrando dos acontecimentos agradáveis daquela época! Naquele dia – mas não em dias futuros, ela esperava – seu banco perdera a graça.

– Teve um bom dia com Cottle? – disse Hugh.

– Não fale daquele homem comigo. Veja só, telefonei para ele e atendeu uma mulher! Era uma pessoa que está aqui de férias, como nós, que ia levar o Cottle para Lowestoft no carro dela. Eu também podia ir, se quisesse. Não, muito obrigada, foi o que eu disse. E aí eu disse, e aquela história de ir procurar a moça de sobrenome Jones? E ele fez o favor de me dizer que eu estava ficando obcecada. Aí eu disse exatamente o que eu penso dele, e adeus para Arnold Cottle.

E adeus para suas dez libras, pensou Hugh. – Então em vez disso você foi até a praia.

– Não. Enquanto você estava passeando naquele barco eu fiz umas investigações por conta própria. E posso acrescentar que tive muito sucesso. Lembra daquele velho em Clacton, aquele do asilo? Bem, ele estava bem disposto o suficiente para me receber, e eu o interroguei exaustivamente.

Hugh não disse nada. Fazia uma boa ideia de qual dos dois ficara exausto.

– Finalmente – disse Cecily –, consegui fazer com que ele lembrasse. Pedi que tentasse se lembrar de todas as pessoas de sobrenome Jones que já conhecera. Acabou se lembrando de um policial que se casou por volta de 1930. A moça com quem se casou trabalhava numa farmácia. Que tal?

– Quer dizer que ela era a amante do Moore?

– Não é óbvio? O nome dela era Gladys Palmer. Agora é Jones. Moore foi visto em companhia de uma moça em Clacton. Essa moça morava em Clacton e trabalhava numa farmácia de Clacton. Agora fica bem claro que Moore estava de caso com Gladys Palmer e que ele a convenceu a pegar o cianureto da farmácia e dar para ele. A prova concreta é que, de acordo com todos os livros, essa farmácia foi uma das poucas onde ele nunca *tentou conseguir o cianureto*!

– Isso é prova concreta? – disse Hugh.

– É claro que é, para qualquer um com capacidade dedutiva. Gladys Palmer se apavorou quando Moore foi declarado culpado, então casou-se com um policial para se proteger, e o nome deste policial era Jones. Isso não é prova?

– Prova do quê?

– Você nunca lembra de nada? O *barman* naquele Cross Keys nos disse que a velha que fica sentada no banco Rupert Moore se chamava sra. Jones. – Cecily sorriu triunfante. – Elas são a mesma pessoa.

– Mas esse é um nome muito comum.

– Talvez. Mas a sra. Jones admitiu que era verdade. Falei com ela hoje de manhã antes de ir para Clacton. Ela admitiu que conheceu Moore e que o conheceu quando ele foi na loja. Que tal? E ela ficou muito nervosa e aborrecida, aliás com razão.

Hugh ficou olhando espantado para a esposa. Não gostava nada da direção em que as coisas estavam indo. – Cecily, pode até ser isso mesmo. Parece que é, mas não é da nossa conta. Gostaria que você deixasse isso para lá.

– Deixar isso para lá! Faz quase cinquenta anos que essa mulher escapou impune quando era tão culpada do assassinato da sra. Moore quanto o Moore, e você diz para eu deixar isso para lá! É a culpa que faz ela se sentar naquele banco dia após dia, não é? Qualquer psicólogo lhe explicaria isso.

– Ela deve ter pelo menos setenta anos. Deixe ela em paz.

– Lamento, mas é tarde demais para isso, Hugh. Tem que haver um inquérito, todos os fatos têm de vir a público. Escrevi três cartas, uma para o ministro do interior, outra para o diretor da Scotland Yard e uma terceira para o autor daquele livro muito incompleto. Estão ali na penteadeira. Se quiser, pode dar uma olhada nelas enquanto eu tomo banho.

Foi o que Hugh fez. Se ele as rasgasse, ela as escreveria de novo. Se ele entrasse no banheiro, deslocasse o aquecedor da parede, ele caísse na banheira, ela morresse e aquilo fosse considerado um acidente... As cartas não seriam enviadas, ele poderia ter sua oficina de volta, bater papo com moças bonitas que trabalhavam em farmácias, passar férias na Costa Brava e ser livre. Respirou fundo e desceu para beber alguma coisa no bar.

Graças a Deus, pensou a sra. Jones, que aquela mulher não havia aparecido naquela manhã. Aquela intromissão da véspera a deixara aborrecida por horas, mesmo depois que Brenda chegou, mas estava se refazendo agora. Infelizmente, o tempo havia melhorado e vários bancos estavam ocupados. Mas não o Rupert Moore. A sra. Jones sentou-se nele e colocou a sacola de compras no chão a seus pés.

Percebeu a proximidade do pau-d'água que estava sentado em Lubbock ("Elizabeth Ann Lubbock, por muitos anos diretora do Colégio de Northwold para Moças") em companhia de outra mulher muito mais jovem e muito bem vestida. A muito custo a sra. Jones tirou-os da cabeça. Ficou olhando para o mar azul e calmo, sentindo a pressão morna e firme do banco de carvalho contra suas costas e pensou em seu querido. Como fora doce o amor e o companheirismo entre eles! Durara tão pouco tempo, e depois viera a separação e a solidão insuportável. Mas fizera bem em casar-se com o sr. Jones, pois ele havia sido um bom marido e ela fora a esposa que ele queria, e sem ele não teria havido Brian, nem Brenda, nem o dinheiro para comprar a casa e vir aqui todos os dias para recordar. Se seu querido houvesse sobrevivido, e os filhos fossem dele, se ela o tivesse no banco a seu lado, alegrando sua velhice...

– Perdoe-me, senhora – disse uma voz –, mas eu sou daqui e estive em Lowestoft ontem e alguém me contou que ouviu dizer que a senhora havia voltado a morar aqui.

A sra. Jones olhou para o pau-d'água. Mas aquilo não ia acabar mais?

– Tenho visto a senhora neste banco e fiquei pensando, e quando esse amigo de Lowestoft me contou qual era o seu nome, ficou tudo claro.

– Entendo – disse a sra. Jones, pegando sua sacola.

– Gostaria que a senhora soubesse o quanto eu admiro o trabalho dele. Meu pai tinha uns móveis feitos por ele – infelizmente todos vendidos –, e qualquer um pode ver que este banco foi feito por um artesão, se comparado com os outros. – O rosto impassível, a hostilidade dela, fizeram-no hesitar. – A senhora – disse ele – é quem eu penso, não é?

– É claro que sou – disse a sra. Jones, aborrecida porque mais uma manhã fora estragada. – Arthur Sarafin foi meu primeiro marido. E agora eu realmente tenho que ir.

Vila Brinquedo

Senhoras idosas no papel de detetives não são nenhuma novidade na literatura de ficção. Avice Julian podia lembrar-se de duas ou três, criações de autores célebres, e sem dúvida havia outras. Aparentemente, a rotina pacata da vida de uma mulher de idade, seu gosto pela bisbilhotice e por tricô, e sua curiosidade, nascida do tédio, fornecem as condições apropriadas para o exame dos motivos e a avaliação das pistas. Quer dizer, na ficção. Às vezes a sra. Julian ficava pensando se isso também seria verdade na realidade.

A questão a interessava pessoalmente. Estava com oitenta e quatro anos; era magra, perspicaz, artrítica, rabugenta e intolerante. Passava a maior parte do tempo sentada numa cadeira de espaldar rígido na sacada da sala de sua ampla casa, observando o que os vizinhos faziam. Mas diferia das senhoras dos romances de mistério sob um aspecto importante. Elas eram solteironas, ela era viúva. De fato, casara-se duas vezes e duas vezes ficara viúva. Depois de ler um romance policial particularmente pertinente, ela se perguntou se isso teria importância, se poderia afetar a capacidade de dedução, se era o celibato que fazia da Miss Marple uma detetive de gênio. Talvez. Os antropólogos dizem (a sra. Julian era muito erudita) que nas sociedades antigas a virgindade era reverenciada por ter poderes espantosos e únicos. Talvez isso fosse verdade e a virgindade permanente, embora sob muitos aspectos desagradável, aumentasse estes poderes. Um dia, possivelmente, ela teria uma oportunidade de testar a teoria da detetive idosa. Via o suficiente de sua janela enquanto estava sentada lá tricotando um conjunto de fio duplo azul-escuro. Na maioria das vezes vigiava as casas do outro lado da larga e arborizada Abelard Avenue.

Eram seis casas geminadas, exatamente iguais. Todas de três pavimentos com janelas de vidro laminado, um pedaço de concreto à frente para estacionar o carro, um canteiro de flores, um armário interno para guardar pacotes e um externo para colocar o saco de lixo. A sra. Julian achava que isso não era higiênico. Possuía uma antiquada lata de lixo, embora fosse obrigada a colocar um saco de plástico preto dentro da lata para que o serviço de limpeza urbana recolhesse o seu lixo.

As casas haviam sido construídas no terreno de uma grande mansão. No passado havia muitas mansões na Abelard Avenue, assim como casas grandes como a da sra. Julian, que não chegavam a ser mansões. A maioria havia sido demolida e as que restaram haviam sido transformadas em apartamentos. A sra. Julian achava que fariam isso com a casa dela quando morresse; os sobrinhos e sobrinhas, sobrinhos-netos e sobrinhas-netas fariam isso. Vira as casas em frente serem construídas uns dez anos antes. Ela as chamava de casas de brinquedo, porque havia alguma coisa nelas que lembrava um desenho de criança e porque cada uma tinha a porta da frente pintada de uma cor diferente; amarelo, vermelho, azul, verde limão, laranja e chocolate.

– O nome é Vila Princesa – disse a sra. Upton, faxineira e faz-tudo, quando a construção ficara pronta.

– Que nome ridículo! Vila Brinquedo seria muito mais apropriado.

A sra. Upton ignorou este comentário, como ignorava todos os comentários de Avice Julian que ela considerava exibicionistas, pernósticos ou simplesmente senis.
– Dizem – disse ela – que logo vão começar a construir naquele terreno baldio aí do lado.

– Terreno baldio? – disse a sra. Julian, com frieza. – Você está falando do bosque?

"Terreno baldio" fora certamente um termo impróprio, mas "bosque" era um exagero. Era um terreno de um hectare, mais ou menos coberto de árvores; um lado dele dava para o quintal da sra. Julian, outro dava para a Great North Road e a frente estreita estava virada para a Abelard Avenue. A trilha que cortava o terreno era usada como atalho para ir e vir da estação. Depois da má notícia dada pela sra. Upton, Avice Julian levantou-se e foi para o lado direito da janela da sacada que dava para o "bosque", e pensou em como seria desagradável ter outra Vila Brinquedo dando para seu quintal. Naquela época em que a sociedade parecia ter enlouquecido, quando o custo de vida estava de assustar, com greves intermináveis e o imposto de renda incidia sobre 98% dos lucros de alguns de seus investimentos, aquilo era bem possível, podia acontecer de tudo.

Entretanto, nenhuma casa foi construída no terreno ao lado. Pelo visto, o "bosque", embora longe de ser um monumento nacional ou uma área de preservação ambiental, estava reservado como *non aedificandi.* Assim, pelo resto de seus dias ela poderia ver as bétulas, a relva verde e os pilriteiros – isto, é claro, quando não estivesse observando os moradores de Vila Brinquedo, o sr. e a sra. Arnold, o sr. Laindon e os Nicholson, tudo gente jovem, nenhum acima dos quarenta. Suas atividades absorviam o interesse da sra. Julian enquanto ela tricotava o fio duplo azul-escuro; também despertavam sua desaprovação, e às vezes sua inequívoca condenação.

Depois do Natal, em pleno inverno, quando a sra. Julian estava na cozinha vendo a sra. Upton descascar batatas para o almoço, a sra. Upton disse: – A senhora tem sorte de eu ser particular. Já pensou nisso?

Isto estava acima da compreensão da sra. Julian.

– O quê?

– Eu disse que é sorte sua eu não ser uma dessas empregadas municipais. Vão todos entrar em greve, todos. São do SNEP. A senhora não lê o jornal?

A sra. Julian certamente lia o jornal, o *Daily Telegraph,* que era entregue em sua porta toda manhã. Lia-o da primeira à última página depois do café e sabia muito bem que o Sindicato Nacional de Empregados Públicos estava fazendo o maior barulho e ameaçando mobilizar todos seus membros por melhores salários. Isso era típico, na opinião dela, da época em que vivia. Sempre havia alguém em greve. Mas não fazia muita ideia de como identificar um empregado público, e esperava que a greve ameaçada não a afetasse. Disse isso à sra. Upton.

– Não afetar à senhora? – disse a sra. Upton, descascando furiosamente as couves-de-bruxelas. Parecia estar achando a ingenuidade da sra. Julian hilariante. – Bem, para começar não vai ter ninguém para espalhar saibro nas ruas, e, se a senhora não notou, está nevando de novo. Os espalhadores são do SNEP. Vão ter que fechar as escolas, aí as ruas vão ficar cheias de crianças. Os zeladores de escola são do SNEP. Não vai haver ambulâncias se a senhora cair no gelo e quebrar a perna, não vai haver faxineiros nos hospitais, e, o pior, não vai haver lixeiros. O lixo não vai ser recolhido porque os lixeiros são do SNEP. Isso não afeta a senhora, ehm?

A lata de lixo da sra. Julian, guardada junto ao portão da frente sobre uma laje de concreto e escondida por um loureiro e um arbusto, não foi esvaziada naquela semana. Na segunda-feira seguinte, olhou pelo lado direito da janela e viu, sob as bétulas, sobre o solo gelado, cerca de uma dúzia de sacos plásticos pretos, aparentemente cheios de lixo e fechados com arames. Certas pessoas tinham uma capacidade inesgotável de gerar lixo asqueroso, pensou a sra. Julian; era só dar-lhes uma oportunidade. Ela iria ligar para a prefeitura, para a polícia. Mas primeiro botaria seu casaco de pele de esquilo, pegaria sua bengala e iria lá fora dar uma boa olhada.

A neve derretera e a calçada estava molhada. Um carro havia encostado no meio-fio, e uma jovem de *jeans* e botas ridículas que iam até os quadris, como botas de ator de pantomima, estava tirando dois sacos pretos da mala do carro. A sra. Julian estava prestes a dizer-lhe em termos bem enérgicos que recolhesse o lixo dela imediatamente quando percebeu um cartaz fincado sob as árvores. O cartaz era de compensado, e os dizeres estavam escritos com giz vermelho: *Depósito de lixo da Northway. Coloque sacos aqui.*

A sra. Julian voltou para casa. Contou à sra. Upton sobre o depósito de lixo e a sra. Upton disse que já sabia, mas que não havia contado à sra. Julian porque aquilo só iria aborrecê-la.

– A senhora não faz ideia do que está acontecendo com o mundo, faz? – disse a sra. Upton, abrindo uma lata de pêssegos para o almoço.

– Certamente que sei – disse a sra. Julian. – Anarquia. O mundo está virando uma anarquia.

Durante a semana o lixo acumulou-se no depósito. Felizmente estava muito frio; por enquanto não estava fedendo. Em Vila Brinquedo, começaram a aparecer sacos de lixo do lado das portas dos armários, nas escadas junto às portas coloridas, transbordando para os canteiros estreitos. A sra. Upton vinha cinco dias por semana, mas não aos sábados e domingos. Quando a campainha tocou às dez horas da manhã de sábado, a própria sra. Julian atendeu. Era o sr. Arnold, da casa de porta vermelha, com um carrinho na mão com cinco sacos de lixo.

O sr. Arnold era bonitão, jovial e educado. Ela calculava que ele tivesse uns quarenta e dois ou quarenta e três anos. Às vezes julgava ter visto melancolia nos olhos dele. Não seria de estranhar, era bem compreensível que ele estivesse melancólico. Ele deu bom-dia, disse que estava levando o lixo dele e o do sr. Laindon para o depósito e perguntou se podia levar o dela também.

– É muita gentileza ter-se lembrado de mim, sr. Arnold – disse a sra. Julian. – Meu saco de lixo está dentro da lata de lixo junto ao portão. Muito obrigada.

– Não seja por isso – disse o sr. Arnold. – Faço questão de recolher seu lixo enquanto a greve durar. Tudo bem?

A sra. Julian ficou pensando. Estava formulando um plano.

– Não vai ser necessário, sr. Arnold. Vou me livrar do meu lixo de outro jeito. Fazendo adubo, incinerando – disse ela –, achatando as latas, esse tipo de coisa. Agora, se todo mundo fizesse a mesma coisa...

– Ah, a vida é curta demais para isso, sra. Julian – disse o sr. Arnold, sorrindo, e afastou-se com seu carrinho de mão antes que ela pudesse dizer o que estava na ponta de sua língua, qual seja, que seria mais curta para ela do que para a maioria.

Ficou a vê-lo tirar o saco da lata de lixo e empurrar o carrinho ladeira acima e depois pela trilha entre os montes de lixo. Coitado. Muitas noites, quando o sr. Arnold estava trabalhando até tarde, ela vira a porta cor de chocolate abrir, o sr. Laindon, que segundo diziam se divorciara pouco antes de mudar-se para ali, sair, bater na porta vermelha e ser recebido. Uma vez ela vira a sra. Arnold e o sr. Laindon voltando juntos da estação pelo atalho dentro do "bosque". Estavam se divertindo muito um com o outro, rindo, embora estivesse frio e já fosse bem tarde, umas dez da noite. E lá estava o sr. Arnold fazendo uma gentileza para o sr. Laindon, sem saber que estava sendo enganado. Ou talvez não ignorasse, não fosse nada inocente, o que explicaria seus olhos tristes.

Talvez fosse como Otelo, que amava, porém desconfiava; desconfiava, mas amava loucamente. Aquilo era muito desagradável, pensava a sra. Julian, usando uma de suas palavras favoritas.

Voltou para a cozinha e examinou a caldeira, uma fornalha pequena de carvão, fora de uso desde 1963, quando o finado Alexander Julian instalou o aquecimento central. Tinha certeza de que a chaminé estava limpa e a caldeira podia ser usada novamente. As latas podiam ser achatadas e guardadas temporariamente no galpão do quintal. E, por que não? – começaria a fazer adubo. Todo mundo devia fazer adubo; qualquer outra alternativa era um desperdício.

Os vizinhos que contribuíssem para a imundície; ela é que não o faria. Enrolou-se no casacão de seu finado marido e foi até o fundo do quintal. Escolheu o lado que dava para o "bosque", junto da cerca; seria ali. Encontrou um feixe de varas grossas no galpão – Alexander numa época plantara uns pés de feijão-trepador, que subiam nelas –, escolheu quatro, enfiou-as na terra fofa, formando um quadrado, cada uma num ângulo. Depois cercou tudo com tela de arame. Pediria à sra. Upton que comprasse um pouco de *ganotta* da próxima vez que fosse às compras. Avice Julian sabia de tudo que era necessário para se fazer adubo; ela e o marido tornaram-se especialistas no assunto durante a guerra.

De tarde, revigorada após uma soneca, esvaziou o armário de legumes e encontrou algumas batatas estranhas, já brotando, e algumas cenouras cobertas por uma camada azulada de mofo. A sra. Upton não era uma empregada muito limpa. As batatas e as cenouras serviriam de base para a camada de adubo. A sra. Julian arrancou um punhado de capim e espalhou-o por cima.

– Estou vendo que hoje a coisa não vai ser fácil para mim – disse a sra. Upton na segunda de manhã, com uma risada desagradável. – Não sei quando vou conseguir fazer a limpeza se vou ter que ficar para lá e para cá pelo quintal o dia todo.

As duas juntas conseguiram acender a caldeira e alimentaram o fogo com o *Daily Telegraph* de sábado e o *Observer* de domingo. A sra. Upton achatou com um martelo uma lata de feijões pretos e martelou o dedão. Criou a maior confusão por causa disso, mas a sra. Julian fez o que pôde para ignorá-la. A sra. Julian voltou para sua janela, colocou malha na agulha para a segunda manga do suéter de fio duplo azul-escuro e ficou observando as mulheres que vinham de carro trazer seus sacos de lixo para o depósito. Algumas delas nem se davam ao trabalho de carregar os sacos; abriam o porta-mala e jogavam-nos dali mesmo. Com extrema aversão, a sra. Julian viu quando um dos sacos bateu numa árvore, rasgou-se e espalhou latas, vidros, cascas e resíduos por toda parte.

A sra. Julian sempre preparava geleia de laranja na última semana de janeiro. Não via motivo de interromper este hábito só porque estava com oitenta e quatro anos. Resmungando e lamentando-se por causa de suas costas e de suas varizes, a sra. Upton foi comprar açúcar e laranjas. A sra. Julian descascou batatas, preparou um repolho para o almoço e levou as cascas e as folhas de fora até o monte de adubo. A maior parte das cascas das laranjas iria para lá no devido tempo. A geleia que a sra. Julian preparava era do tipo leve, clara, com poucos pedaços de casca de laranja cortados bem finos.

Prepararam a primeira leva de tarde. O sr. Arnold apareceu na manhã seguinte com seu carrinho de mão. – Seu lixeiro particular, sra. Julian, às suas ordens.

– Ah, mas eu fiz o que disse que faria – disse ela, e fez questão de que ele fosse até o quintal para ver o monte de adubo.

– A senhora come um bocado de laranjas – disse o sr. Arnold. Ela lhe falou sobre a geleia de laranja e o sr. Arnold disse que nunca provara de geleia de laranja feita em casa, nem sabia que ainda havia quem fizesse geleia em casa. Isso deixou a sra. Julian chocada e confirmou a sua opinião a respeito da sra. Arnold. Deu-lhe um pote de geleia e ele agradeceu profusamente.

Ficou contente de estar em casa novamente. O serviço de meteorologia acertara ao dizer que vinha outra frente fria. A sra. Julian tricotava olhando pela janela quando viu a sra. Arnold chegando de carro com o sr. Laindon. Na hora do almoço já estava nevando. O céu denso, cinza e ameaçador parecia cheio de neve.

Isso não impediu que a sobrinha-neta da sra. Julian aparecesse inesperadamente com o namorado. Disseram abertamente que tinham vindo ver o depósito de lixo que diziam ser o maior de Londres, depois do que ocupava toda a Leicester Square. Ficaram na janela olhando para o depósito, dando risadinhas cada vez que chegava alguém para jogar mais lixo lá.

– É surrealista! – guinchou a sobrinha-neta quando um saco, vergado com o peso da neve, caiu dos galhos de uma árvore de onde estivera pendurado fazia dias. – É fantástico! Eu era capaz de ficar aqui o dia inteiro só olhando.

A sra. Julian ficou aliviada ao ver que ela não ficou, porém foi embora uma hora depois (com um pote de geleia) para um lugar chamado a Sala do Morro, que, conforme ficou sabendo, era um cinema em Hampstead. Depois que eles partiram nevou mais ainda. Caiu geada naquela e na noite seguinte.

– A senhora não devia pôr os pés fora de casa – disse a sra. Upton na segunda de manhã: – A calçada parece vidro. – E contou uma longa história a respeito de Stewart, seu filho que era policial, que tinha encontrado uma senhora que havia escorregado e estava caída no gelo, sem poder fazer nada.

A sra. Julian sacudiu a cabeça, impaciente. – Não tenho a menor intenção de sair. E você tenha muito cuidado quando for lá fora no monte de adubo.

Prepararam outra leva de geleia de laranja. A caldeira recusou-se a ser acesa, então a sra. Julian disse para deixá-la em paz e tentar novamente no dia seguinte, porque havia um grande acúmulo de jornais para serem queimados. A sra. Julian sentou-se à janela, juntando as partes do suéter de fio duplo azul-escuro e vendo as pessoas andando pela neve até o depósito de lixo. Cobertos de neve, os montes de lixo lembravam uma cordilheira. Talvez no ártico, imaginou a sra. Julian, ou em algum planeta onde a temperatura estivesse sempre abaixo de zero.

A semana inteira nevou, geou, nevou, derreteu e geou novamente. A sra. Julian ficou em casa. Seu sobrinho, o que escrevia livros de ficção científica, telefonou para saber se ela estava bem, e seu outro sobrinho, o que era fotógrafo, veio tirar a neve da entrada da casa. Quando ele chegou o sr. Laindon já havia feito isso, mas a sra. Julian deu-lhe um pote de geleia assim mesmo. Não dera um pote para o sr. Laindon por causa dos modos dele com a sra. Arnold.

O degelo começou no sábado. A sra. Julian ficou sentada à janela colocando malha na agulha de tricô para o lado esquerdo da frente de seu casaco, vendo a neve e o gelo derreterem e escorrerem pelas valetas. Deixou as cortinas abertas, como sempre fazia quando estava escuro.

Lá pelas oito horas a sra. Arnold saiu da casa de porta vermelha e o sr. Laindon da de porta cor de chocolate e ficaram batendo papo e rindo juntos até o sr. Arnold sair. O sr. Arnold abriu a porta de seu carro e disse alguma coisa para o sr. Laindon. Como a sra. Julian gostaria de poder ouvir o que ele dizia! O sr. Laindon apenas fez que não com a cabeça. Ele viu a sra. Arnold entrar rapidamente no carro e fechar a porta. Muita covardia dela, não querer se envolver, pensou a sra. Julian. Agora o sr. Arnold estava discutindo com o sr. Laindon, aparentemente tentando persuadi-lo de alguma coisa. Talvez a deixar a sra. Arnold em paz. Mas o sr. Laindon limitou-se a dar uma risadinha boba e voltou para a casa de porta cor de chocolate. Os Arnold foram embora; o sr. Arnold saiu a toda velocidade, o que era uma imprudência com o tempo que estava fazendo, como se estivesse muito atrasado ou mais provavelmente, furioso.

A sra. Julian não viu o sr. Laindon no dia seguinte, um domingo, mas de tarde viu a sra. Arnold sair sozinha. Atravessou a rua e pegou o atalho, felizmente ainda sem sacos de lixo, e foi pelo "bosque" em direção à estação. Ia encontrar-se com alguém às escondidas, supôs a sra. Julian. O tempo estava mais seco e menos frio, mas ela não tinha vontade de sair. Ficou sentada à janela fazendo a sanfona do lado esquerdo da parte da frente de seu casaco, e percebeu que os sacos de lixo estavam se amontoando novamente em Vila Brinquedo. Por algum motivo, talvez preguiça, o sr. Arnold não os havia recolhido sábado de manhã. A sra. Julian tirou um cochilo, tomou uma xícara de café e leu o *Observer*.

Gostou de ver que a sra. Upton havia queimado todos os jornais velhos. Pelo menos não havia jornais à vista. Mas o que ela havia feito com as latas vazias? A sra. Julian procurou pelas latas vazias e achatadas por toda parte. Procurou nos armários da cozinha, no armário de baixo da escada e até na sala de jantar e na sala de estar. Nunca se sabe do que é capaz gente como a sra. Upton. Talvez ela houvesse posto as latas no galpão, talvez houvesse realmente feito o que a patroa sugerira e as houvesse posto no galpão.

A sra. Julian voltou para a sala de estar, para a janela, e chegou lá bem a tempo de ver o sr. Arnold entrando em casa. O tempo parecia passar devagar nos fins de semana, e ficou surpresa quando descobriu que já eram nove horas. Começara a chover. Dava para ver a chuva oblíqua brilhando à luz das casas de Vila Brinquedo.

Sentou-se à janela e pegou o tricô. Pouco depois a porta vermelha abriu-se e o sr. Arnold saiu. Havia trocado as roupas molhadas, tirado a calça cinza e vestido uma calça marrom, tirado o paletó azul e vestido um suéter e um *parka*. Pegou o saco de lixo mais próximo e arrastou-o para dentro de casa. Uns dois minutos depois saiu novamente carregando o saco e colocou-o no carrinho de mão que fora buscar no estacionamento.

Foi aí que o telefone da casa da sra. Julian tocou. O telefone ficava do outro lado da sala. Era seu sobrinho mais velho, o fotógrafo, querendo saber se ela poderia lhe emprestar a mobília de quarto estilo segundo império para um cenário ou um fundo de cena. Eles haviam gostado muito da geleia, que estava quase no fim. A sra. Julian disse que ele ganharia outro pote no ano seguinte mas que decididamente não emprestaria a mobília. Não queria que fotos de seu guarda-roupa, da sua penteadeira, aparecessem naquelas revistas vulgares, muito obrigada. Quando voltou a seu posto de observação o sr. Arnold já desaparecera.

Desaparecera, melhor dizendo, da entrada de Vila Brinquedo. A sra. Julian foi até o outro lado da sacada para fechar as cortinas e lá estava ele, escalando os montes escuros e escorregadios, segurando um saco de lixo na mão. O saco não parecia estar muito firme, já que havia sido furado pelo gargalo de uma garrafa e a boca, em vez de amarrada com arame, estava fechada por um barbante enrolado várias vezes. Finalmente largou o saco junto a um dos montes perto da bétula. A sra. Julian fechou as cortinas.

A sra. Upton chegou pontualmente pela manhã, louca para contar as novidades. Ainda bem que ela era de constituição forte, pensou a sra. Julian. Muitas mulheres da idade dela ficariam doentes – ou pior – ao ouvir uma história daquelas.

– Como é que você sabe? – disse ela. – Não há nada no jornal da manhã.

Stewart, é claro, Stewart, o policial.

– Ela estava vindo da estação para casa – disse a sra. Upton – passando por aquele terreno baldio. – Apontou o dedo na direção do "bosque". – Procurando sarna para se coçar, não estava? Aquele lugar é escuro e deserto. O cara, seja lá quem for, bateu na cabeça dela com o que chamam de objeto contundente. Isso foi lá pelas oito e meia, mas só a encontraram às dez. O Stewart disse que havia sangue por toda parte, ele ficou de estômago virado, e olha que ele está acostumado.

– Que coisa mais chocante – disse a sra. Julian. – Que coisa horrível. Coitada da sra. Arnold.

– Matou para roubar o dinheiro que havia na bolsa dela, mas não era muita coisa. Ninguém está seguro hoje em dia.

Quando uma coisa dessas acontece é quase impossível, por algumas horas, pensar em outra coisa. Com o tricô no colo, a sra. Julian ficou sentada à janela contemplando as casas de brinquedo. Um carro, certamente da polícia, embora não tivesse aquelas luzes piscando em cima, chegou pela manhã, e dois policiais à paisana foram recebidos na casa de porta vermelha. Certamente que pelo sr. Arnold, embora a sra. Julian não conseguisse vê-lo.

Como seria perder de modo tão violento o cônjuge? Mesmo um cônjuge tão insatisfatório quanto a sra. Arnold? Será que o sr. Laindon sabia? A sra. Julian ficou pensando. Descobriu-se incapaz de imaginar qual seriam os sentimentos dele. Ninguém saiu nem entrou em nenhuma das casas de Vila Brinquedo, e à uma hora a sra. Julian teve que sair da janela e ir almoçar na sala de jantar.

– É claro que a senhora sabe o que a polícia sempre diz, não sabe? – disse a sra. Upton, servindo-a de uma costela de carneiro um tanto crua. – O marido é sempre o primeiro suspeito. O casamento anda desacreditado, não é?

A sra. Julian não replicou, apenas levantou os ombros. Seus dois maridos haviam sido dedicados, e ela disse a si mesma que não conhecia por experiência própria o tipo de relacionamento incivilizado ao qual a sra. Upton se referia. Mas poderia ela dizer o mesmo a respeito do sr. Arnold? Não estava ela, na verdade há semanas, meses, lastimando a situação em que se encontrava o casamento do sr. Arnold e até mesmo esperando algum clímax desagradável?

Foi neste momento, ou pouco depois, quando já estava de volta à sua janela, que Avice Julian começou a ver a si mesma como uma possível Miss Marple ou Miss Silver, embora recentemente não estivesse lendo nenhum livro sobre essas duas senhoras. Apenas percebeu que a ideia de uma senhora de idade virar detetive era bastante sensata. Quem mais teria tempo disponível para ficar tão atento? Quem mais carregava uma bagagem tão grande de conhecimento sobre a natureza humana? Quem mais havia sofrido tantas desilusões que podia encarar de frente fatos tão desagradáveis?

Sem sombra de dúvida, os fatos que a sra. Julian estava encarando eram desagradáveis. No entanto, ela os enumerou. A sra. Arnold fora uma esposa infiel. Estava tendo um caso com o sr. Laindon. Que o sr. Arnold não sabia do caso era óbvio, por causa da maneira como ela conduzia essa aventura extraconjugal na ausência dele. Que ele estava começando a perceber estava claro por causa do comportamento dele no sábado à noite. Nada mais provável do que ele ter ido encontrar-se com a esposa na estação no sábado à noite, brigado com ela por causa disso, e batido nela num acesso de ciúme. Quando a sra. Julian o viu pela primeira vez, ele estava correndo para casa fugindo da cena do crime, segurando debaixo do paletó a arma que a sra. Upton dissera que a polícia estava procurando.

A manhã fora escura e úmida, mas depois do almoço ficara mais seco e um sol pálido e fraco surgiu. A sra. Julian vestiu seu casaco de pele de esquilo e foi até o quintal, saindo pela primeira vez em nove dias.

O monte de adubo não havia aumentado de tamanho. Talvez o peso da neve o houvesse achatado ou, mais provavelmente, a sra. Upton não cumprira seu dever. Irritada, a sra. Julian voltou para o jardim, foi até o portão e levantou a tampa da lata de lixo, certa de que sabia o que havia lá dentro. Mas, não, fora injusta com a sra. Upton. A lata estava vazia e limpa. Chegou junto à cerca e deu uma olhada no depósito de lixo.

Que monstruosidade! Havia muito lixo que vazara dos sacos devido à falta de cuidado com que haviam acondicionado o lixo e amarrado as bocas do sacos. Os montinhos molhados, fétidos e escuros estavam cobertos de pedaços de papel, papelão e caixas encharcadas, enquanto que entre os montes, como ervas daninhas, espalhavam-se cascas de frutas e legumes apodrecendo, pão mofado, folhas de chá, borra de café e copos quebrados. Em um desses "vales" alguma coisa se mexia. Seriam larvas ou o focinho de um rato? A sra. Julian arrepiou-se e olhou rapidamente para o outro lado. Levantou os olhos e observou que o saco que o sr. Arnold havia posto lá na noite anterior continuava embaixo da bétula, o saco que estava furado pelo gargalo de uma garrafa e amarrado com barbante azul.

Voltou para casa. Seria correto guardar para si o que sabia? Àquela altura, não havia dúvidas em sua mente quanto ao que o sr. Arnold havia feito. Depois de matar a esposa, correra para casa, trocara as roupas sujas de sangue por roupas limpas e, depois de pegar o saco de lixo que estava no lado de fora, colocou as roupas sujas e o objeto contundente que havia usado dentro do saco. Talvez uma barra de ferro ou um pedaço de cano que pegara no "bosque". Ao fazer isso, havia perdido o arame de amarrar o saco e não conseguira achar outro, então fora obrigado a amarrar o saco com a primeira coisa que encontrara, um pedaço de barbante. Depois atravessou a rua com o saco como fizera em tantas ocasiões anteriores, desta vez para depositar lá o saco que continha as provas que o incriminariam se fossem encontradas em sua casa. Mas o que poderia ser mais anônimo do que um saco de plástico num depósito de lixo? Lá seria apenas um entre milhares e, era o que ele devia imaginar, impossível de ser identificado.

A sra. Julian não gostava da ideia de prejudicar seu gentil e prestativo vizinho. Mas a justiça tinha que ser feita. Se ela sabia de alguma coisa que, se não fosse por ela, a polícia não ficaria sabendo, era seu dever comunicar à polícia. Quanto mais pensava nisso, mais convencida ficava de que aquela era a solução correta do crime sofrido pela sra. Arnold. Não teria Miss Seaton pensado assim? Não teria Miss Marple, depois de encontrar paralelos entre o comportamento do sr. Arnold e o de alguém em St. Mary Mead, depois de haver levado em consideração e pesado a importância da briga no domingo à noite e o extraordinário fato de o sr. Arnold haver levado o lixo para o depósito às nove e meia da noite de um sábado chuvoso – não teria Miss Marple levado tudo ao conhecimento do Departamento de Investigação Criminal?

Sua hesitação durou apenas uns poucos minutos. Pouco depois a sra. Julian foi buscar o catálogo telefônico. Às três da tarde estava telefonando para a delegacia policial mais próxima.

O sargento detetive e o policial detetive que foram à casa da sra. Julian meia hora mais tarde não ficaram surpresos com o que ela lhes disse. Talvez também eles lessem os livros sobre senhoras idosas metidas a detetives. Trataram a sra. Julian com grande cortesia, e após ela haver lhes contado o que suspeitava, eles sugeriram que ela os acompanhasse até o depósito de lixo e apontasse o saco incriminador.

Mas ela podia fazer isso de sua janela. Os detetives inclinaram a cabeça em aprovação, escreveram coisas em seus caderninhos, agradeceram e saíram. Um pouco depois chegou um furgão, e um policial uniformizado saiu e removeu o saco. A sra. Julian ficou sentada à janela, trabalhando o ponto rendado da frente de seu casaco azul-escuro, esperando ver o sr. Arnold ser preso. Sentia ao mesmo tempo medo e uma simpatia involuntária. O dia inteiro policiais andaram entre os sacos de lixo, investigando quintais, tocando campainhas, mas nenhum deles foi prender o sr. Arnold.

Não aconteceu coisa alguma: apenas o sr. Laindon apareceu às oito da noite. Parecia muito transtornado e seu rosto estava pálido e tenso. Ele havia vindo, disse ele, perguntar à sra. Julian se ela gostaria de contribuir para a compra de uma coroa de flores para a sra. Arnold, ou se mandaria flores só em seu nome.

– Prefiro mandar minhas próprias flores – disse a sra. Julian, com muita frieza.

– Como preferir, é claro. Na verdade, estou andando por aí falando com as pessoas para ter o que fazer. Estou totalmente arrasado com essa história. Eles eram maravilhosos comigo, os Arnold. Não poderiam ter sido amigos melhores. Eu estava muito deprimido quando vim morar aqui – o meu divórcio e tudo o mais – e os Arnold, bem, cuidaram de mim como a um irmão, nunca me deixaram sozinho, faziam até questão que eu saísse com eles. E agora acontece uma coisa horrível dessa com uma pessoa maravilhosa como ela...

A sra. Julian não tinha a menor vontade de ficar ouvindo aquele tipo de coisa. Certamente havia gente crédula o suficiente para acreditar naquilo. Foi para cama pensando se ele seria preso durante a noite, discretamente, para que os vizinhos não presenciassem nada.

As casas de brinquedo estavam do mesmo jeito na manhã seguinte. Mas é claro que sim. A prisão do sr. Arnold não afetaria a aparência delas. O telefone tocou às nove e meia e a sra. Upton atendeu. Entrou na sala onde a sra. Julian estava terminando de tomar café.

– A polícia quer vir aqui ver a senhora de novo. Eu disse que ia perguntar. Eu disse que a senhora poderia não estar em condições de recebê-los, já que a senhora não é mais nenhuma mocinha.

– Nem você e nem eles – disse a sra. Julian, e depois falou ela mesma com o policial, dizendo que viessem quando lhes conviesse.

Durante a meia hora seguinte, algumas fantasias até agradáveis passaram pela cabeça da sra. Julian. Isso é o que acontece frequentemente quando a pessoa se identifica com um personagem de romance. Ficou imaginando que seria cumprimentada por sua perspicácia e até, em outra ocasião, quando ocorresse algum crime sem solução, que seria consultada por policiais de alta patente. A sra. Upton até que lhe havia servido bem, tanto quanto se podia esperar naqueles dias difíceis. Talvez um dia, quando Stewart estivesse pleiteando uma promoção, uma recomendação dela...

A campainha tocou. Eram os mesmos policiais. A sra. Julian ficou um tanto decepcionada; achava que agora merecia um inspetor. Cumprimentaram-na com sorrisos joviais e convidaram-na a ir até a cozinha, onde disseram ter alguma coisa para mostrar-lhe. Estavam carregando uma grande sacola de lona.

O sargento pediu à sra. Upton que arranjasse um jornal, e antes que a sra. Julian pudesse dizer que haviam queimado todos os jornais velhos, a sra. Upton tirou o *Daily Telegraph* de onde estivera escondido. Então, para espanto da sra. Julian, ele tirou de dentro do saco de lona o saco de plástico preto furado num lado e amarrado com barbante azul que ela havia visto o sr. Arnold colocar no depósito de lixo domingo à noite.

– Espero que não ache repugnante demais, madame – disse ele –, dar uma olhadela em algumas coisas nesse saco.

A sra. Julian espantou-se de ouvir esta pergunta dirigida a uma senhora de sua idade. Mas deu a entender com a cabeça e com um aceno de mão que faria o que queriam, enquanto por dentro preparou-se para ver alguma coisa horrível como um porrete coberto de sangue e cabelos, ou um paletó e uma calça cheios de sangue. Não iria desmaiar nem gritar, estava decidida, não importava o que visse.

Foi o policial quem desamarrou o barbante e abriu a boca do saco. Cuidadosamente, o sargento começou a retirar o conteúdo do saco e a colocar tudo no jornal que a sra. Upton havia estendido no chão. Foi colocando, na medida do possível, em montinhos separados: uma grande quantidade de cascas de laranja, uns pedaços de lã de tricô azul-escuro, vários saquinhos de chá Earl Grey, cascas de batata, folhas de repolho, um osso de costela de carneiro, a garrafa de xerez cujo gargalo havia furado a lateral do saco, e sete números do *Daily Telegraph* e um do *Observer,* todos com "Julian, 1 Abelard Avenue" rabiscados acima do cabeçalho...

A sra. Julian observou atentamente o chão da cozinha. Olhou para o sargento, para o policial, para o pedaço de lã que ainda estava na mão dele e que ele havia desenrolado da boca do saco.

– Não entendi – disse ela.

– Parece que esse saco contém lixo da sua casa, sra. Julian – disse o sargento. – Em outras palavras, lixo que era seu e que foi tirado daqui.

A sra. Julian sentou-se pesadamente numa das cadeiras austríacas, fixou os olhos na parede oposta e sentiu uma estranha sensação de calor formigando em seu rosto, sensação que não sentia há uns sessenta anos. Estava ruborizando.

– Entendo – disse ela.

O policial começou a enfiar o lixo de volta no saco. A sra. Upton ficou observando-o, rindo baixinho.

– Se a senhora ainda não acabou com todo o nosso estoque de xerez, sra. Upton – disse a sra. Julian –, talvez possamos oferecer um copo a estes senhores.

Os policiais, embora estivessem de serviço – o que, a sra. Julian imaginava, os faria não aceitar a oferta –, beberam dois copos cada um. Assunto era o que não lhes faltava, e ficaram conversando com a sra. Upton, provavelmente a respeito das façanhas passadas e futuras de Stewart. A sra. Julian mal ouviu e não disse nada. Compreendia perfeitamente o que acontecera. O sr. Arnold mudara de roupa porque elas estavam encharcadas, decidira-se a jogar o lixo fora naquela noite porque se esquecera ou não pudera fazê-lo no sábado pela manhã e recolhera o lixo dele e muito provavelmente o do sr. Laindon também. Nessa hora ela saíra da janela para atender o telefone. Nos poucos minutos que ficara falando com seu sobrinho, o sr. Arnold passara por seu portão com seu carrinho de mão, levantara a tampa de sua lata de lixo e, encontrando um saco cheio lá dentro, levou-o consigo. Fora esse saco, seu próprio saco de lixo, que ela o vira jogando fora no depósito de lixo quando voltara a olhar pela janela.

Não era de admirar que a caldeira quase nunca acendesse, que o monte de adubo quase não houvesse crescido. Assim que a neve e a geada começaram e ela percebeu que sua patroa ficaria dentro de casa, a sra. Upton abandonou os hábitos de higiene da casa e retornou ao saco de lixo e à lata de lixo. E era nisso que dera.

Os dois policiais foram embora e jogaram o saco no depósito. A sra. Upton olhou para a sra. Julian, a sra. Julian olhou para a sra. Upton, e a sra. Upton disse: – Ora, mas por que será que esses policiais vieram aqui, ehm?

A sra. Julian sentiu muitas saudades da época em que a teria despedido imediatamente, mas agora isso era impossível. Onde ela iria arranjar uma substituta? Assim, tudo o que disse, sabendo que seria incompreensível, foi: – Um *faux pas,* sra. Upton, foi isso o que aconteceu. – E afastou-se lentamente e foi para a sala, onde pegou seu tricô da cadeira junto à janela e levou-o para o outro lado da sala.

Como detetive, fora um fracasso. No entanto, ironicamente, foi inequivocamente devido a seus esforços que o assassino da sra. Arnold foi levado à justiça. A sra. Julian não conseguia ficar por muito tempo longe de sua janela, e quando voltou a ela no dia seguinte viu os homens da prefeitura desmantelando o depósito e removendo os sacos para alguma unidade de processamento de lixo ou algum incinerador longe dali. Soubera pelos jornais que a greve acabara. Mas a busca à arma do crime, não. Agora que o lixo fora retirado era mais fácil investigar. Ao cair da noite já haviam encontrado a arma, e vinte e quatro horas depois o jovem mecânico desempregado que havia golpeado a sra. Arnold para roubar o que havia em sua bolsa havia sido preso e acusado formalmente.

Identificaram-no através da chave inglesa que usara para matá-la e que, ao passar pela cerca do quintal da sra. Julian, ele jogara no meio de sua pilha de adubo.

O TIPO ERRADO

Nenhum assassinato havia sido cometido em uma semana. Os assuntos da primeira página do jornal da tarde agora eram a situação econômica e um terremoto na Turquia. Mas a página três não deixava esmorecer o interesse por aquela série de assassinatos. Havia fotos das seis vítimas, todas do mesmo tipo físico. Todas as vítimas, embora alguns detalhes dos rostos variassem, como não podia deixar de ser, tinham os mesmos olhos grandes e líquidos, a mesma boca carnuda e os mesmos cabelos negros e longos.

A mãe de Barry levantou os olhos do jornal. – Não gosto quando você sai à noite.

– O quê, eu? – disse Barry.

– É, você. Todos esses crimes aconteceram aqui perto. Não gosto que você saia depois que escurece. Você não precisa sair, se fosse para trabalhar, seria diferente. – Levantou-se e começou a tirar a mesa, mas continuou a se lamuriar em voz baixa. – Eu não diria nada se você fosse forte. Se você fosse do tamanho de seu primo Ronnie, eu não diria nada. Um rapaz do seu tamanho não tem a menor chance com aquele maníaco.

– Sei – disse Barry. – E de quem é a culpa de eu só ter um metro e cinquenta e sete? Só gostaria de chamar a atenção para o fato de que uma mulher de um metro e meio que se casa com um sujeito só cinco centímetros mais alto do que ela não pode esperar ter filhos gigantes. Certo?

– Às vezes eu acho que você fica andando por aí de noite, fazendo o que lhe dá na telha, só para provar que é tão homem quanto seu primo Ronnie.

Barry encarou-a bem de perto. – Olha aqui, pare com isso, falou? – Brandiu o jornal junto do rosto dela. – Posso não ser alto, mas não sou do tipo certo. Você não reparou nisso?

– Está bem, está bem. Gostaria que você perdesse essa mania de gritar.

Em seu quarto, Barry vestiu seu paletó de veludo novo e passou água de colônia nos pulsos e no pescoço. Estava bonito e elegante. Sua mãe lançou-lhe um olhar apreensivo quando ele passou por ela a caminho da porta dos fundos, e voltou a examinar as fotos no jornal. Seis vítimas em dois meses. Os rostos juvenis, olhos de corça, tímidos, devolviam-lhe o olhar, olhavam para o outro lado ou tinham o olhar perdido. Pouco depois dobrou o jornal e ligou a televisão. Afinal, Barry não era do tipo certo, e isso devia servir de consolo.

Ele gostava de ir ver os lugares onde os corpos das vítimas haviam sido encontrados. Isso lhe proporcionava uma emocionante sensação de perigo. A primeira vítima fora estrangulada muito perto de sua casa numa trilha que passava por entre os terrenos baldios, depois se transformava num beco entre o muro alto de um convento e o muro de tijolos vermelhos mais baixo, de um colégio.

Barry foi por este caminho até a parte mais animada da cidade; foi andando rápido, mas sem medo, e parou no lugar – um poço de escuridão entre dois postes – onde Pat Leston morrera. Parecia-lhe que a própria atmosfera do lugar, úmida, lúgubre e silenciosa, emanava horror e maldade. Apreciou esta atmosfera, aspirou-a e foi procurar, no terreno baldio, na ruela deserta de casas interditadas, os lugares onde os crimes haviam sido cometidos. Depois do último assassinato haviam bloqueado a passagem subterrânea, e Barry ficou desapontado quando descobriu que ainda estava fechada.

Já andara uns três quilômetros e não vira ninguém. As pessoas estavam ficando em casa. Havia notado até um certo pânico quando dava seis horas, começava a escurecer e dos ônibus e do metrô saíam os últimos passageiros. Andavam apressadamente aos pares. Deixavam a cidade tão vazia quanto se uma epidemia a tivesse devastado.

Ao passar pela rua principal, a única pessoa que Barry viu, além das pessoas protegidas pelo metal e pelos vidros dos carros, foi uma velha sentada num degrau. Agasalhada em roupas sujas, com um cachecol na cabeça e uma garrafa na mão, estava tão a salvo quanto ele – tinha tão pouco a ver com o tipo certo, ou talvez menos ainda, quanto ele.

Mas ele ainda estava à espreita. O que ele mais gostava, depois de examinar os lugares onde as seis vítimas haviam sido mortas, era escolher a próxima vítima. Ninguém, apesar de toda a gabolice dos jornais e da polícia, conhecia o tipo tão bem quanto ele. Franzino, de ossos pequenos, pernas longas, costas curvas, olhos enormes, feições afiladas e longos cabelos pretos. Tinha quase certeza de haver identificado aquela vítima em potencial, a de origem italiana, umas duas semanas antes do crime, embora não pudesse ter certeza.

Até agora não vira ninguém provável, apesar de haver ficado observando a saída do metrô quando ia para casa. Mas agora, ao entrar no Red Lion e aproximar-se do balcão, seus olhos se depararam com uma pessoa que era uma vítima em potencial que se ajustava ao tipo muito mais completamente do que qualquer outra pessoa que já escolhera. Empolgou-se. Mas não era prudente, com todo mundo tão alarmado e nervoso, ser visto encarando alguém. Os olhos do *barman* estavam sobre ele. Pediu uma cerveja, pagou, provou-a e, quando o *barman* voltou a lavar os copos, virou-se lentamente para apreciar melhor aquela esbelteza, aquele tímido olhar sentimental, aqueles grandes olhos expressivos e aquela juba negra.

Mas as coisas haviam ficado diferentes naqueles poucos segundos em que ficara de costas. Antes, não havia notado que havia duas pessoas no lugar, uma outra pessoa além da vítima em potencial, que agora estavam sentadas juntas. Sua intuição, e Barry acreditava ser perito em intuição, lhe dizia que a moça havia convidado o homem a sentar-se com ela. Havia alguma coisa em seu jeito de falar, de levantar o copo cheio, que o convenceu, alguma coisa em seu olhar, tímido e provocativo ao mesmo tempo.

Ouviu-a dizer: – Ora, obrigada, mas não tinha a intenção de... – e sua voz foi interrompida pela do homem, impetuosa.

– Chamar a minha atenção? Não tem importância. O prazer é todo meu. Seu companheiro é do tipo que está sempre atrasado, não é?

Ela não respondeu. Barry estava fascinado. Sentia-se impelido a ficar olhando, por causa da semelhança com Pat Leston, e mais do que isso, por ver naquele rosto o que parecia ser a quintessência, a soma e a concentração das características das outras seis vítimas. O que dava àquele rosto um sabor especial era vê-lo ao lado de tamanha feiura. Barry espantou-se com o atrevimento da garota, com sua coragem de tomar a iniciativa. E agora ela estava tomando a iniciativa novamente, pegando na manga dele.

– Imagino que você também tem um encontro, não é? – disse ela.

O homem riu. – Infelizmente, benzinho, eu só estava fazendo hora. – Começou a levantar-se.

– Deixa eu lhe pagar uma bebida.

A resposta do homem foi outra risada áspera. Sem olhar para a moça novamente, afastou-se, cruzou a porta e foi embora. Com os olhos fixos na garota, que agora estava saindo do bar, Barry ficou intrigado de ver que alguém se expunha àquele perigo num clima de tanta insegurança. Em poucos segundos o bar estava deserto, já que os únicos fregueses que provavelmente iriam lá naquela noite já haviam saído.

Uma ideia estranha, com todas as suas espantosas possibilidades, passou por sua cabeça, e ele ficou parado na calçada olhando para a rua. Mas a moça havia atravessado e estava parada no ponto do ônibus, enquanto o homem podia ser visto a distância entrando no estacionamento subterrâneo.

Barry expulsou aquela ideia, talvez ridícula e, para ele, muito inquietante, e atravessou a rua atrás do ônibus que acabara de parar no ponto, pensando no que faria o resto da noite. A única coisa em que conseguia pensar foi passar em revista mais uma vez os locais dos crimes e depois ir para casa.

Aquele não devia ser o ônibus dela. Ela ainda estava parada lá. E quando Barry se aproximou, ela disse: – Eu o vi no bar.

– É verdade – disse ele. Nunca soubera como conversar com garotas. Elas o intimidavam e irritavam, especialmente quando eram mais altas do que ele, e a maioria era. Desprezava as baixas magrinhas.

– Imaginei – disse ela, hesitante – que ia arranjar alguém que me levasse até em casa.

Barry não disse nada. Ela saiu do abrigo do ponto de ônibus e chegou bem perto dele. Ele viu que ela era muito mais alta do que ele pensara a princípio.

– Devo ter perdido o ônibus por pouco. Só vai passar outro daqui a uns dez minutos. – Ela olhou, ele também olhou, para o centro comercial todo iluminado, reluzente e vazio, com os vãos escuros das portas e passagens. Se você está indo para o mesmo lado que eu – disse ela –, talvez você...

– Vou pelo atalho – disse ele. Naquele bairro era assim que chamavam aquele caminho.

– Está bom para mim. – Ela parecia ansiosa e suplicante. – É mais perto para chegar à minha casa. Tudo bem se eu for andando com você?

– Como quiser – disse ele. – Uma das vítimas foi morta por ali. Isso não a preocupa?

Ela se limitou a dar de ombros. Começaram a andar juntos pela rua amarelada, sem falar, a pelo menos um metro de distância um do outro. A noite estava fria e úmida e um pé de vento atingiu-os quando entraram no atalho, depois de passarem pelas lojas. O vento arrancou a longa echarpe de seda vermelha da moça e ela enfiou-a de novo dentro do casaco. Barry nunca usava echarpe, embora a maioria das pessoas o fizesse naquela época do ano. Achava divertido que tantas pessoas usassem aquela peça, como se nunca houvessem reparado que todas as seis vítimas haviam sido estranguladas com suas próprias echarpes.

Naquela parte do caminho havia lâmpadas, presas por suportes metálicos no muro vermelho e no muro marrom. Àquela luz, o rosto da moça, de traços finos, parecia pálido, emaciado e assustado. Subitamente ele não se sentiu mais intimidado por ela nem com medo de falar-lhe.

– A maioria das pessoas – disse ele – não passaria por aqui à noite nem por um milhão de libras.

– Você passa – disse ela. – Você ia vir por aqui sozinho.

– E ninguém me deu um milhão – disse ele, arrogante. – Olha, foi ali que a primeira vítima morreu, logo depois dessa curva.

Ela olhou para o lugar inexpressivamente e foi andando à frente de Barry. Ele a alcançou. Se ela não estivesse de saltos altos não estaria tão mais alta do que ele. Aprumou-se todo, esticou a coluna, como se o esforço e o desejo pudessem fazê-lo ficar mais alto do que o primo Ronnie.

– Sou mais forte do que pareço – disse ele. – Os homens são sempre mais fortes do que as mulheres. São os músculos.

Nem parecia que ele havia dito alguma coisa; ela não lhe deu a mínima atenção. Passaram pela extremidade dos muros, e começaram a andar pelo trecho de grades baixas que fechavam os terrenos baldios, com plantações de repolho e capim encharcados, que se estendiam a distância. Além deles, mas a grande distância, viam-se os fundos das casas altas com sacadas de madeira e escadas de ferro. Uma lua pálida iluminava esse panorama lúgubre.

– Da próxima vez alguém vai ser morto aqui – disse ele. – É decididamente o lugar perfeito. Ninguém veria nada. O assassino poderia fugir pelos terrenos baldios.

Ela parou e encarou-o. – Você não pensa em mais nada a não ser nesses crimes?

– Interesso-me por crimes. Gostaria de saber por que ele mata. – Como ela estava finalmente lhe dando atenção, não estava mais ressentido com ela e falou de um jeito insinuante. – Por que você acha que ele está cometendo esses crimes? Não é por dinheiro, nem por sexo. O que ele tem contra as vítimas?

– Talvez ele odeie as vítimas. – Suas próprias palavras pareciam assustá-la e, estranhamente, tirou a echarpe que o vento estava novamente fazendo esvoaçar e enfiou-a no bolso do casaco. – Eu entendo isso. – Ela olhou para ele com uma mistura de aversão e medo. – Eu odeio os homens, por isso entendo – disse ela com a voz trêmula e esganiçada. – Vamos, vamos andando.

– Não. – Barry estendeu a mão e tocou-lhe no braço, agarrando a manga de seu casaco. – Não, isso não basta. Se ele odeia as vítimas, por que odeia?

– Talvez ele tenha sido rejeitado demais – disse ela, afastando-se dele. – Quem sabe, há muito tempo, uma das vítimas o tenha magoado. Não quer matar mas não pode evitar. – Ela puxou o braço com força e cuspiu as palavras: – Ou vai ver que ele é apenas feio. Ou baixinho como você.

Barry ficou nas pontas dos pés para ficar da altura dela. Deu um passo na direção dela com os punhos cerrados. Ela recuou até a cerca e sentiu um calafrio. Aí virou-se e começou a correr aos tropeções por causa dos saltos altos. Por causa dos saltos, ou do chão irregular, ou da escuridão repentina provocada por nuvens que encobriram a lua, ela caiu.

No chão, sem um pé de sapato, lentamente levantou a cabeça e olhou nos olhos de Barry. Ele tentou tocar nela. Ela se levantou com dificuldade, limpou as mãos arranhadas e sujas de sangue na echarpe e imediatamente, sem dizer palavra, os dois se atracaram no escuro.

Várias particularidades extraordinárias diferençavam este dos outros crimes. Havia sangue na vítima, que tinha cabelo claro e não escuro, mas era muito parecida com Patrick Leston e Dino Facci. Parece que, como Barry Halford não usava echarpe, a echarpe do próprio assassino fora usada. Mas em última instância, foi o testemunho de um freguês do Red Lion, magro e de cabelos pretos, que levou a polícia à conclusão de que quem matara aqueles seis rapazes fora uma mulher.

IMPRESSÃO:

GRÁFICA EDITORA
Pallotti
IMAGEM DE QUALIDADE

Santa Maria - RS - Fone/Fax: (55) 3220.4500
www.pallotti.com.br